विराग

जिम स्टोवॉल

को सप्रेम भेंट

भेंटकर्ता

दिनांक

विराग

जिम स्टोवॉल

हिन्दी अनुवाद :

समीर गांगुली

EMBASSY BOOKS

Indian Imprint: 2006

This edition licensed by arrangement with:
DreamHouse Publishing
2100 Blossom Way South,
St. Petersburg, FL 33712

Published in India by :
EMBASSY BOOK DISTRIBUTORS,
120, Great Western Building,
Maharashtra Chamber of Commerce Lane,
Fort, Mumbai - 400 023. (India)
Tel. : (91-22) 22819546, 30967415
E-mail : embassy@vsnl.com

Cover Design by Namrata Chattaraj

Printed & Bound in India

हमेशा की तरह,

यह पुस्तक मेरी पत्नी क्रिस्टल को समर्पित है

जो मेरे घर में रहने वाली अभी भी एक सर्वोत्तम लेखिका है.

और यह पुस्तक कैथी हार्पर को समर्पित है

जिसने एक नई शुरूआत करने में मेरी मदद की.

यह पुस्तक क्लोवॅर न्यूट्रजमन को समर्पित है

जिसने मेरे विचारों को एक सूत्र में पिरोने में मेरी मदद की.

यह पुस्तक केविन मेयर को समर्पित है जो मेरे स्वप्नों की आवाज बने.

यह पुस्तक केली मारीसन को समर्पित है जिसने रंगमंच पर मेरी स्टैनली वाल्टर्स की

भूमिका को लिजा वाल्टर्स का रूप दिया.

और यह पुस्तक डोरोथी थाम्पसन को समर्पित है

जिसने एक बार पुन: मेरे शब्दों को पुस्तक का रूप दिया.

जिम स्टोवॉल की एक और कृति

‘अनोखा उपहार’

विषय क्रम

भूमिका

प्रिय पाठको, मेरी भरपूर प्रशंसा करने के लिए आप सबका धन्यवाद. इस पुस्तक को खरीदने में जो आपने अपना पैसा लगाया और अब इसे पढ़ने में आप जो अपना बहुमूल्य समय देंगे, उसके लिए मैं अपने आप को सम्मानित महसूस करता हूँ.

मैंने ऐसे भाषण, समाचार पत्रों के कॉलम और पुस्तकें लिखने में अपना बहुत सारा समय, प्रयास और श्रम खर्च किया है जो आशा और संभावनाओं के संदेश देते हैं और यहाँ इस पुस्तक के पृष्ठों में आप इन्हीं अनुभवों को महसूस करेंगे.

अगर मेरा जन्म आज से हजार वर्ष पहले हुआ होता तो मैं निश्चित रूप से एक किस्सागो होता. उस समय पुस्तकें, पत्रिकाएं, समाचारपत्र, रेडियो या टेलीविजन नहीं थे. उस समय किस्सागो होते थे जो गाँव-गाँव घूमकर दिनभर के समाचार बताते थे और शूरवीर नायकों की विजय गाथाओं का मौखिक तस्वीरों से ऐसा सुनहरा चित्रण करते थे कि लोग उनका जीवंत रस लेते थे.

मुझे हजारों लोगों के सामने सभा केन्द्रों एवं मंच पर बोलने का मौका मिला है. ऐसे प्रत्येक अवसर पर, मैं ऐसी कई कहानियाँ लोगों को सुनाता हूं जिन्होंने मेरे जीवन को बदल डाला और मैं जानता हूं कि मेरी यह कहानियां उन लोगों के जीवन को भी बदलने में सहायक होंगी जिन्हें सुनाने का मुझे अवसर मिला है.

चिराग

ढेर सारी गैर-काल्पनिक पुस्तकों को लिखने के बाद मैंने यह निश्चय किया कि मैं उपन्यास लिखूँगा. आपके पास जो पुस्तक है वह मेरा तीसरा प्रयास है. मेरा हर उपन्यास एक कहानी कहता है जो न केवल आपको मंत्रमुग्ध और सम्मोहित करेगा; बल्कि उससे भी कहीं महत्वपूर्ण मैं यह आशा करता हूँ कि वह आपको एक ऐसा संदेश देगा जो आपके जीवन में आपको सही राह दिखाएगा.

'*चिराग* ' में हम और आप मिलकर चाहत, आशाओं, विश्वासों और वास्तविकताओं में निहित संबंधों की खोज करेंगे. हममें से कौन ऐसा है जिसने अच्छी चीजों के बारे में सोचा न हो या उनकी कामना न की हो ? अक्सर ऐसा होता है कि भागदौड़ की जिंदगी में हमारे विचार, हमारी इच्छाएं कहीं शून्य में खो जाते हैं.

आप जैसे-जैसे इस पुस्तिका के पृष्ठों को पलटेंगे, मैं यह आशा करता हूँ कि आप यह जरूर सोचेंगे कि अगर इस कहानी को आप जीते तो कैसे भूमिका निभाते. आपके भीतर छिपा हुआ स्वप्न अभी भी वहीं है. यह अभी भी जीवित है और आप जैसे ही किसी निर्णय पर पहुँचेंगे यह सक्रिय हो उठेगा. हम सबके भीतर विशाल सपने छिपे हैं और मैं इस बात में पूरी तरह विश्वास करता हूँ कि अगर इन सपनों को सच में बदलने की क्षमता हमारे भीतर न होती तो ये हमारे भीतर जन्म ही न लेते.

अत: जैसे-जैसे हमारी जीवन यात्रा-चलती है हमें अपने आप से कभी यह प्रश्न नहीं करना चाहिए कि ''क्या हम कर सकते हैं?'' हमें तो यह सोचना चाहिए कि ''क्या हम करेंगे?''

मुझे हमेशा अपने दर्शकों से यह सिद्धांत बाँटना अच्छा लगता है कि अगर आप अपनी विचारधारा में परिवर्तन लाएंगे तो आपके जीवन में परिवर्तन आएगा. मेरी सबसे बड़ी अभिलाषा यही है कि चिराग आपकी विचारधारा में बदलाव लाने में आपकी मदद करे.

जब कभी भी अपने दर्शकों के सामने अपनी बात रखने का मुझे अवसर मिला है, मैंने हमेशा उन्हें समझाया है कि मैं उनकी सफलता में भागीदार बनना चाहता हूँ. इस

इच्छाओं को वास्तविकता में बदलना

पुस्तक की शुरूआत करने से पहले ही मैं आपको यह बताना चाहता हूँ कि मैं आपकी सफलता में भागीदार बनने की इच्छा रखता हूँ.

आज के बाद आगे अगर कोई भी ऐसा समय आता है जब आपको यह लगे कि पता नहीं मेरे सपने सच होंगे भी या नहीं या आप पक्के तौर पर यह निश्चित न कर पा रहे हों कि पुस्तक में बताए गए सफलता के सिद्धांत आपको सफलता दिलाने में वाकई मददगार साबित होंगे तो 918-627-1000 पर मुझे फोन जरूर करें क्योंकि मैं आपको यह जता देना चाहता हूँ कि आज से आपकी जीवन यात्रा कितनी भी मुश्किल क्यों न हों, सफलता कितनी भी दूर क्यों न भाग रही हो, एक ऐसा व्यक्ति अवश्य है जो आपमें और आपकी सफलता में विश्वास रखता है.

अगर आपको इसमें संदेह हो तो जरूर फोन करें.

मैं शुभकामना करता हूँ कि आपकी खुशगवार जिंदगी स्वस्थ, खुशियों और वैभव से परिपूर्ण हो.

अपने सपनों पर विश्वास रखो
और सिर उठाकर खड़े रहो
तब भी जब आपके आस-पास के लोग
आपको रेंगने पर मजबूर करें.

अपने सपनों पर विश्वास रखो
यह दौड़ आपको अवश्य दौड़नी है
तब भी जब वास्तविकता आपके कानों में कहती है
कि ''आप कभी जीत नहीं पाएंगे.''

चिराग

अपने सपनों पर विश्वास रखो

और चमत्कार होने की प्रतीक्षा करो

क्योंकि उस चमत्कारी दिन

तुम्हारे सपने और वास्तविकता मिलकर एक हो जाएंगे.

आप अपने जीवन से जो कुछ भी चाहते हैं उससे केवल एक निर्णय पीछे है. जिस दिन वह निर्णय आप कर लेंगे, आप अपने जीवन को संपूर्णता के साथ जीना शुरू कर देगें.

आज ही वह दिन है !

आपकी सफलता में भागीदार –

जिम स्टोवॉल

अध्याय–एक

शांत नैराश्यता

वाल्टर्स घर में सोमवार की सुबह अलार्म घड़ी के बजने की आवाज से हुई. सुबह के छ: बज गए. स्टैनली और लिजा वाल्टर्स बिस्तर पर निश्चेत पड़े रहे, अगल-बगल. दोनों ने ही अलार्म घड़ी को बजते रहने दिया.

अंत में थककर लिजा ने करवट बदली. शादी के 20 वर्षों के जीवनकाल में इस भंगिमा का सीधा सा अर्थ यही था कि *सुबह-सुबह तुम्हें काम पर जाना है मुझे नहीं तो क्या तुम्हें शीघ्र उठकर इस अलार्म को बंद नहीं करना चाहिए.*

सपनीली नींद से उनींदे स्टैनली को थोड़ा सा होश आया तो उसने चादर के भीतर से निकले बाएं हाथ से किसी तरह अलार्म घड़ी को बंद किया.

पाँच मिनट और आराम की चाहत में वह शांत, निश्चेष्ट पड़ा रहा-बाद में तो दिन शुरू ही हो जाएगा. धीरे-धीरे वह उन पाँच मिनटों को अपने से दूर होता देखता रहा. उसे ऐसा लग रहा था कि इस दिन के सिर्फ ये पाँच मिनट ही उसके अपने हैं जिन्हें वह भरपूर शांति के साथ जीना चाहता है.

वह एक भारी कुहासे के भीतर-बाहर होता रहा. अपनी अभी तक की जीवन-यात्रा उसने कैसे पूरी की, इस बात पर वह स्वयं आश्चर्यचकित होता रहा. जैसे ही उसने

चिराग

यह महसूस किया कि वह इससे ज्यादा देर तक बिस्तर पर पड़ा नहीं रह सकता है उसने बिस्तर से किनारों पर पैर उछाले और लपककर खड़ा हो गया. बाथरूम की तरफ पाँव बढ़ाने से पहले वह यही सोच रहा था कि जीवन के सबसे सुनहरे क्षणों ने उसे काफी पीछे छोड़ दिया है.

नहाने के लिए स्नानगृह की तरफ जाते हुए स्टैनली ठिठककर दर्पण के सामने रूक गया. एक अस्त-व्यस्त 40 वर्ष के व्यक्ति की छवि उसे दर्पण में घूरती दिखाई दी.

वह स्वयं से बुदबुदाया – ''इस व्यक्ति को लंबी छुट्टी नहीं तो कम से कम एक दिन की छुट्टी की तो सख्त जरूरत है.''

किंतु उसे यह भी मालूम था कि दो या तीन प्याले गुनगुनी कॉफी के अलावा उसे कुछ भी नसीब होने वाला नहीं है.

स्टैनली ने फटाफट सुबह के सभी जरूरी काम जैसे नहाना, दाढ़ी बनाना और दांत साफ करना निपटाए. वर्षों पहले उसने अपनी सुबह को तीन हिस्सों में बांटा था. 'क' हिस्से में सुबह पाँच बजे उठकर भरपूर कसरत करना और सुबह का समाचार पत्र पढ़ते हुए स्वस्थ ब्रेकफास्ट करना शामिल था. 'ख' हिस्से में 5.30 बजे सुबह उठना और रेडियो पर सुबह के समाचार टीम द्वारा सुनाए गए मौसम, ट्रैफिक और अन्य समाचारों को सुनना शामिल था. 'ग' हिस्से में जिसका पालन वह वर्षों से करता आ रहा है और जिसमें आज की सुबह भी शामिल थी – सुबह छः बजे उठकर फटाफट तैयार होकर नजदीक के सुविधा स्टोर व गैस स्टेशन से कॉफी की चुस्की लगाना शामिल था.

स्टैनली ने टाई की अंतिम गांठ लगाते हुए उसे दर्पण में निहारा. अच्छी तो नहीं बंधी थी परंतु फिर भी कामचलाऊ थी.

लिजा अभी तक निश्चल वैसे ही पड़ी थी, जैसी वह उसके बिस्तर से उठते समय थी. उसने उसके नाक के अग्र भाग व आँख के कोने के बीच उसे धीरे से चूमा और उसके अस्फुट स्वरों को सुनते हुए बहुत धीरे से बेडरूम से बाहर आ गया.

घर की छोटी सी ड्योढ़ी से निकलते समय वह करीने से तह किए हुए समाचारपत्र

से वह टकरा गया. उसने फिर स्वयं से यह कहा कि या तो उसे समाचार पत्र पढ़ने के लिए समय निकालना चाहिए या फिर उसे मंगाना बंद कर देना चाहिए. वह यही सोचकर चकित होता रहा कि ऐसे लोगों के लिए समाचार पत्र बनाने में न जाने कितने पेड़ों को काटना पड़ा होगा जो उन्हें कभी पढ़ते ही नहीं हैं.

अपनी आठ साल पुरानी मध्यम आकार की अवर्णनीय कार में बैठते समय भी उसके दिमाग में यही बात घूमती रही. कार में चाभी घुमाते समय वह यही सोच रहा था कि इस मशीन में अभी इतनी तो जान बाकी है कि वह अगले दिन तक चल जाएगी. जैसे ही उसने चाभी घुमायी, कार हिली तो लेकिन ऐसी आवाजें निकालने लगी जो उसने पहले कभी नहीं सुनी थीं.

स्टैनली ने बाहर आते समय अपने अगल-बगल नजर डाली-एक जैसे दिखने वाले छोटे-छोटे घर, साधारण सा पड़ोस जिसे मजाक से *ओक क्रीक एस्टेट* कहा जाता है. उसके घर से दस मील की दूरी तक न तो कोई ओक का पेड़ था और न ही कोई क्रीक और उसके तथा अन्य लोगों के घर को एस्टेट का दर्जा ही नहीं दिया जा सकता था. यह सब सोचकर वह मन ही मन मुस्कुराता रहा.

जैसे ही वह अपने ब्लॉक के अंतिम छोर तक पहुँचा, उसने पाया कि उसके पड़ोसी फ्रेड जॉन्सन ने अपने लॉन की घास काट डाली थी. इस बात से स्टैनली को बहुत गुस्सा आया. उसे पक्की तौर पर मालूम था कि यह काम फ्रेड जॉन्सन ने उसे चिढ़ाने के लिए किया था, यह बताने के लिए कि उसकी तुलना में फ्रेड अपने लॉन का कहीं अधिक ख्याल रखता है.

स्टैनली को जब वह दिन याद आया कि वह और लिजा कैसे पहली बार इस क्षेत्र में आए थे तो उसके चेहरे पर एक कड़वी सी मुस्कान तिर गई. उन्हें यह मालूम था कि यहाँ से हर दिन शहर की तरफ जाने में काफी लंबा समय लगेगा पर फिर भी उन्होंने यह जगह यह सोचकर चुनी कि कम से कम उनका स्वयं का घर और लॉन तो होगा. वर्षों बाद उसने यह अनुभव किया कि दूरी की वजह से मुँह अंधेरे काम के लिए निकलता है और अंधेरा होने पर घर लौटता है. अपने खराब रख-रखाव की वजह से वह लॉन का आनंद

नहीं उठा पाता है और यह लॉन भी उसके ऐसे कामों की सूची में शामिल हो गया है जिसे करने के लिए उसके पास वक्त नहीं है.

गैस स्टेशन और सुविधा स्टोर में कॉफी देने वाले किशोर ने कॉफी के प्याले के ढक्कन को ढंग से बंद नहीं किया था इसलिए कॉफी धीरे-धीरे छलकती हुई स्टैनली के कार ड्राइव करते हुए हाथों की तरफ छिटकने लगी.

कम से कम सुबह-सुबह गर्म कॉफी न मिलने का एक फायदा तो था.

स्टैनली बाहरी रास्ते पर आते हुए शहर की तरफ जानेवाली हजारों कारों की भीड़ में शामिल हो गया. अगल-बगल तेजी से रास्ता काटते हुए गुजरने वाली स्पोर्ट्स कारों के ट्रैफिक से गुजरते हुए स्टैनली ने घड़ी की तरफ नजर डाली. सुबह के 6.45 बज गए थे. डेढ़ घंटे का सफर तय करना था यानी निश्चित था कि वह आज भी 8 बजे सुबह की विभागीय बैठक के लिए देर से पहुँचेगा.

अध्याय-दो

मोल-तोल

जब लिजा वाल्टर्स ने नींद से जागकर एक अलसाई हुई अंगड़ाई ली तो सूरज की किरणें बेडरूम की छोटी सी खिड़की से अंदर आ चुकी थी. उसने घड़ी की तरफ चकित नजरों से देखा, 9.45 बज चुके थे. हर हफ्ते उसे सोमवार के दिन अवकाश मिलता है. हर बार वह यह वायदा करती है कि छुट्टी का दिन जरूरी कार्यों को पूरा करने और छुट्टी का भरपूर आनंद लेने में बिताएगी लेकिन हर बार की तरह आज भी ऐसा नहीं हो पाया.

हर रविवार को जब वह सुपरमार्केट को रात्रि चेकआउट शिफ्ट में काम करके बिस्तर में सोने के लिए जाती है तो हर बार सोचती है कि दूसरे दिन सुबह उठकर स्टैनली के लिए बढ़िया सा ब्रेकफास्ट तैयार करेगी जिससे वे दोनों नाश्ता करते-करते बातें करते हुए सुबह का आनंद उठा सकेंगे.

चादर फेंकते हुए उसने एक दुख भरी सांस ली और मन ही मन कहा "शायद अगले हफ्ते ऐसा कर पाऊं".

वह लड़खड़ाते कदमों से बाथरूम की तरफ गई और गर्म पानी का फव्वारा चला दिया. ब्रश करते हुए वह पानी गरम होने की प्रतीक्षा करने लगी. सुबह की यह सारी

चिराग

नित्य क्रिया करते समय उसने एक बार भी शीशे की तरफ न देखने की आदत डाल ली थी.

30 की सीमा लांघ चुकी और 40 की कगार पर तेजी से पहुँचते-पहुँचते वह यह समझ गई थी कि किसी भी कीमत पर अब सुबह-सुबह शीशा देखने की भूल नहीं करनी चाहिए.

जैसे ही गर्म साबुन पानी उसके चारों तरफ फैलने लगा, उसने छुट्टी के दिन निपटाए जाने वाले कामों की प्राथमिकताएं निश्चित करनी शुरू की. उसे मालूम था कि, लांड्री, राशन और ड्राईक्लीन का कार्य करना जरूरी है. चूंकि उसे पहले ही काफी देर हो चुकी थी इसलिए धूल झाड़ने और वैक्यूम क्लीनिंग का कार्य टाला जा सकता है.

उसने सोचा कि *एक सीमा तक पहुँच जाने के बाद इसका क्या महत्व रह जाता है* – पहले से जमा धूल पर थोड़ी सी गर्द और जम जाए तो क्या फर्क पड़ जाएगा.

जैसे ही वह नहाकर तौलिया उठाने को झुकी तो फोन की घंटी बजी. वह बेडरूम की तरफ दौड़ी और स्टैण्ड पर रखे फोन को उठाया. वह ढंग से *हॅलो* बोल भी नहीं पाई की कि उसे अपने पड़ोसी नोरमा जॉन्सन की तड़ातड़ बंदूक की गोली की तरह छूटती आवाज सुनाई दी.

नोरमा को एक तरह से खुद से ही बात करने की आदत थी. कोई सुन रहा है या जवाब दे रहा है कि नहीं इससे इसको कोई फर्क नहीं पड़ता था.

लिजा को फोन पर सुनाई दिया –"लिजा, 10.00 कब के बज चुके हैं. और तुमने मुझसे यह वायदा किया था कि तुम गैरेज सेल में मेरी मदद करोगी. मुझे यह नहीं मालूम कि गैरेज सेल की शुरूआत कितने बजे होनी चाहिए इसके बारे में तुम्हें पता है कि नहीं, लेकिन पिछले कुछ घंटों से लोगों ने चक्कर मारना शुरू कर दिया है. मुझे आशा है कि तुम इस तरफ ही आ रही होगी."

लिजा बड़ी मुश्किल से ही यह बोल पाई थी कि मैं दरवाजे से बाहर ही निकल रही थी कि तब तक नोरमा ने फोन रख दिया.

मोल-तोल

गैरेज सेल की बात उसके दिमाग से बिल्कुल निकल चुकी थी बल्कि उसे हल्का सा यह याद था कि उसने गैरेज सेल के जरिए फण्ड इकठ्ठा करने में नोरमा को मदद करने का आश्वासन दिया था. उसे लगा अभी इस सेल में कई महीने बाकी हैं.

लिजा एक अच्छे से ड्रेस की तलाश में अपनी अलमारी खंगालने लगी. हाल में ही उसने अपने कपड़ों को दो श्रेणियों में बांटा था. अलमारी के बाएं हिस्से में ऐसे कपड़े थे जिन्हें वह पहनना चाहती थी किंतु उसे मालूम था कि उन तंग कपड़ों में वह दिन भर परेशान रहेगी. अलमारी के दाएं हिस्से में बड़ी आकार वाले ऐसे कपड़े थे जिन्हें वह पहनना नहीं चाहती थी किंतु उसे मालूम था कि इन कपड़ों में वह काफी सुविधा महसूस करेगी.

उसने अपने लिए एक जीन्स और स्वेटशर्ट चुना जो उसके हिसाब से गैरेज सेल कार्य के लिए उपयुक्त था और साइड दरवाजे से तेजी से निकलकर लॉन को पार करती हुई वह जॉन्सन के घर तक पहुँच गई. जॉन्सन के ताजे कटे हुए लॉन की तुलना वह अपने अस्त-व्यस्त लॉन से करना नहीं भूली.

जैसे ही वह जॉन्सन के घर पहुँची, उसने गैरेज से बाहर ड्राइवे तक फैले पुराने सामानों के ढेर को उलटते-पलटते लोगों को देखा.

नोरमा उसे बाँहों से पकड़कर घसीटती हुई ढेर के बीच ले गई. अगले कई घंटे आदमियों के बीच सामानों की मत्था पच्ची करते बीते. लिजा ने सोचा कि शायद उसके पास *ऐसे सामान* कभी नहीं होंगे जिन्हें वह गैरेज सेल के जरिए बेच पाएगी इसलिए उसने गैरेज सेल को अपने उन कार्यों की सूची में शामिल कर लिया जिसे वह जानती थी कि कभी नहीं कर पाएगी.

अंत में भीड़ धीरे-धीरे छंटने लगी और उसने नोरमा के साथ मिलकर बचे हुए खास सामानों को एक मेज़ पर तथा बाकी को गैरेज में अपनी सही जगह पर पहुँचा दिया.

नोरमा ने कहा - "ओह, काफी संख्या में लोग आ गए थे और हमने एक अच्छे उद्देश्य के लिए काफी पैसा भी इकठ्ठा कर लिया है."

चिराग

लिजा ने काफी सोचा पर उसे यह समझ में नहीं आया कि आखिर यह सेल किस चैरिटी के लिए थी अत: उसने बजाय नोरमा की बातों की तरफ ध्यान देने के बचे हुए सामानों को सहेजने में अपना समय बिताया.

जब नोरमा बिक्री के लिए बचे हुए सामानों का निरीक्षण कर रही थी तो वह बोली – ''अगर हम इन बचे हुए सामानों को भी निकाल पाएं तो इस सेल को कल जारी रखने की जरूरत नहीं पड़ेगी.''

लिजा गैरेज सेल एक दिन और चले इस बात से सिहर उठी और मछली फंसाने वाले एक हुक, बर्फ की बाल्टी, दो पुराने स्वेटर्स और एक पुराना बिना शेड, बल्ब और बिजली के तार का सिरेमिक लैम्प उसने स्वयं खरीद लिया.

लिजा इन सभी सामानों के साथ अपने घर वापस लौटी और किचन काउंटर पर उन्हें रख दिया. चूंकि लैम्प के लिए पर्याप्त जगह किचन काउंटर पर नहीं थी अत: उसे ड्राइंग रूम के काफी टेबल पर रख दिया. इसके बाद वह लांड्री के काम के लिए बाहर भागी.

लांड्री की तीसरी खेप को समेटते समय लिजा उस समय का स्मरण कर रही थी जब उसने एक सुनहरे जीवन का सपना देखा था.

बहुत दिनों से उसने यह सोचना भी छोड़ दिया था कि जिंदगी कभी बेहतर होगी किंतु उसे कभी–कभी इस बात पर भी आश्चर्य होता था कि क्या वह कभी फिर सपने देख पाएगी.

अध्याय–तीन

खोज

स्टैनली सुबह की बैठक के लिए वाकई देर से पहुँचा था. वह अपने आप को निरंकुश प्रभाव का शिकार हुआ मानता था.

चूँकि वह काम के लिए घर से ही देर से निकला था अत: उसे रास्ते में भारी भीड़ का सामना करना पड़ा जिसके कारण वह शहर देर से पहुँचा और पार्किंग में अच्छी जगह न पा सका. पार्क की हुई जगह से उसे लगभग नौ ब्लॉक पैदल चलकर आना पड़ा और इस कारण वह अन्य दिनों की अपेक्षा और भी लेट हो गया. इससे भी बड़ी मुश्किल तो तब आई जब वह लगभग खाली लिफ्ट को पकड़ने में नाकामयाब रहा और हड़बड़ी में गैस स्टेशन/सुविधा स्टोर की कॉफी को अपने पैंट पर गिरा बैठा.

फेइंस्टीन, मार्टन और चांस की एकाउंटिंग फर्म की सुबह 8 बजे शुरू होनेवाली बैठक में स्टैनली 8 बजकर 23 मिनट पर पहुँचा. कॉन्फ्रेंस रूम की बड़ी सी मेज के एक हिस्से से मिस्टर फेइंस्टीन उठे और अपनी बड़ी सी नाक के आधे हिस्से पर टिके हुए चश्मे के भीतर से उन्होंने स्टैनली को सीधे घूरा. फेइंस्टीन की निगाह के बारे में यह कहा जाता था कि उससे पत्ते भी टूटकर बिखर जाते थे और छोटे बच्चे तो डर ही जाते थे.

उसने अपनी घड़ी की तरफ देखा और कड़ककर बोला – "गुड आफ्टरनून मि. वाल्टर्स, प्रसन्न हूँ कि आप हमारी बैठक में शामिल हो पाए" .

चिराग

स्टैनली ने विरोधी दिशा में रखी हुई कुर्सी पर अपने आप को लगभग धंसा दिया. वह अभी बमुश्किल बैठ ही पाया था कि मि. चांस, एक गंजे व्यक्ति ने यह कहते हुए बैठक स्थगित कर दी कि –''इस नये प्रोजेक्ट पर आप सब दिन समाप्त होने से पहले अपनी प्रगति रिपोर्ट हमारे पास भिजवा दें.''

अपनी सीट पर जाते समय स्टैनली यही सोच रहा था कि जिस प्रोजेक्ट के बारे में वह कुछ जानता नहीं, उसके बारे में रिपोर्ट कैसे दे.

स्टैनली की सुबह किसी तरह बीती और किनारे के हॉट डाग स्टैण्ड से उसने अपना लंच खाया. खाते समय टाई पर गिरा सॉस उसे टाई की मूल डिजाइन से कहीं अच्छा लगा.

दोपहर होने तक फर्म के जूनियर पार्टनर की सेक्रटरी ने तरस खाकर नए प्रोजेक्ट के बारे में स्टैनली को थोड़ी जानकारी दे दी. स्टैनली किसी तरह कुछ रिपोर्ट बनाकर मि. चांस की डेस्क पर तब रख पाने में सफल हुआ जब उसे यह तसल्ली हो गई कि चांस काफी समय पहले जा चुका है.

स्टैनली जब अपना सामान समेट रहा था और जगह से हटने की तैयारी कर रहा था तो उसने एक बार पुन: यह नोटिस किया कि उसके आउट बाक्स में कागजातों की संख्या कम और इनबॉक्स में ज्यादा है.

लिफ्ट से उतरकर सड़क पर चलते समय स्टैनली यही सोच रहा था कि उसके कैरियर को क्या हो गया है, एक ऐसा कैरियर जो एक दशक पहले जब उसने फेइंस्टीन, मार्टन और चांस में कार्यभार संभाला था, कितना सुनहरा दिखता था. वह एक ऐसे कार्नर ऑफिस के बारे में सपने देखा करता था जिसके एकाउन्ट्स की वह देखभाल करेगा और फर्म के पार्टनर की भूमिका निभाएगा. अब तो उसने दरवाजे पर लगे साइनबोर्ड फेइंस्टीन, मार्टन, चांस और वाल्टर्स के सपने देखना भी छोड़ दिया है.

जब वह ब्लाकों के बीच से गुजरता हुआ पार्किंग स्थल की तरफ जा रहा था तो स्टैनली सिर्फ एक ही बात सोच रहा था कि क्या वह इस नौकरी में अपनी जगह सही–

सलामत रख पाएगा. कुछ दिनों से उसे ऐसा लगने लगा था कि फर्म के कुछ कर्मचारी उसकी कुर्सी पर अपनी भूखी नजरें गड़ाए बैठे हैं.

पार्किंग वाले को कुछ पैसे देने के बाद स्टैनली ने अपनी कार बाहर निकाली. सिलेटी नीले धुँए की परत ने पूरे आसमान को घेर रखा था. उसने शहर की तरफ जाने वाली छः गलियों की ट्रैफिक भीड़ में अपनी कार डाल दी. कार की खिड़की से बाहर देखने का प्रयास किया तो दूर-दूर तक लाल लाइटों के अलावा कुछ नजर नहीं आया. डेढ़ घंटे तक रूक-रूककर चलने वाली थकाऊ ड्राइविंग उसे *ओक क्रीक एस्टेट* वापिस लाई.

स्टैनली ने अपनी जर्जर कार को गैरेज में खड़ा किया. जैसे ही उसने मोटर बंद किया एक अजीब सी घरघराती आवाज आई.

वह घर के सामने की ड्योढ़ी पर पहुँचा तो सुबह का पड़ा हुआ समाचार पत्र उसे उसी स्थिति में वहाँ मिला जहाँ वह 12 घंटे पहले छोड़ कर गया था. स्टैनली ने सामने का दरवाजा खोला और ड्राइंग रूम में प्रवेश किया. किचन में काम करती हुई लिजा की आवाज उसे सुनाई पड़ रही थी.

वह चिल्लाया - "मैं घर आ गया हूँ." खनखनाते बर्तनों के बीच से लिजा का जवाब उसे सुनाई नहीं दिया. स्टैनली बिना पढ़ा हुआ समाचार पत्र निर्धारित जगह अर्थात काफी टेबल पर फेंकना ही चाहता था कि उसे वहाँ पर कुछ भद्दी सी सिरेमिक वस्तु रखी दिखाई दी. वह झुककर उस वस्तु का निरीक्षण कर ही रहा था कि लिजा ने ड्राइंग रूम में प्रवेश किया.

स्टैनली ने पूछा - "यह क्या है ?" लिजा ने घबड़ाहट छुपाने की कोशिश करते हुआ कहा -"यह लैम्प है."

स्टैनली ने एक कदम पीछे हटते हुए उस वस्तु को घूरा और पूछा - "तुम यह कैसे कह सकती हो ?"

लिजा ने कहा -"मैं जानती हूँ क्योंकि नोरमा जॉन्सन ने मुझसे ऐसा कहा था."

चिराग

स्टैनली ने सोफे पर बैठकर अपनी टाई की गांठ ढीली की.

उसने पूछा –"नोरमा जॉन्सन को इसकी क्या जरूरत थी." लिजा यह अच्छी तरह जानती थी कि स्टैनली को नोरमा से चिढ़ है अत: उसने इस बात को हल्का बनाते हुए कहा "यह एक अच्छे उद्देश्य के लिए किया गया चैरिटी गैरेज सेल था और मैंने अच्छे दामों में काफी महत्वपूर्ण चीजें खरीद ली हैं."

स्टैनली हंसा और बोला – "ये वस्तुएं इतनी महत्वपूर्ण कैसे हो गईं."

लिजा ने सोफे के दूसरे किनारे पर बैठकर ठंडी सांस ली. वह बोली – "ये वस्तुएं इसलिए बहुमूल्य हैं कि अगर मैं इन्हें आज न खरीदती तो मुझे कल फिर गैरेज सेल में काम करना पड़ता. तुम्हें इस बात की खुशी होगी कि मैंने इस लैम्प को सिर्फ 3.00 डालर में खरीदा है."

स्टैनली ने लैम्प को उठाकर नज़दीक से उसका मुआयना किया.

उसने कहा –"क्या तुमने यह नहीं देखा कि इस लैम्प में कोई स्विच, प्लग या ऐसा और कुछ भी नहीं हैं तो फिर अच्छा क्या लगा ?"

लिजा ने अपना बचाव करते हुए कहा –"मुझे लगा कि इस जगह पर किसी उत्कृष्ट कला नमूने को रखने की जरूरत है और यह एक अच्छा नमूना है जिस पर बात की जा सकती है."

स्टैनली ने पलटकर जवाब दिया – "बातचीत के लिए यह नमूना."

लिजा ने जवाब दिया – "यही वह वस्तु है जिसके बारे में हमने कई दिनों के बाद बातें की हैं."

दोनों लैम्प की तरफ घूरते हुए शांत हो गए. "मैं सोचती हूँ यह काफी अच्छा लगता है. इसमें एक तरह की चमक बनी है, लिजा ने चुप्पी तोड़ी.

स्टैनली ने टिप्पणी किया –"हाँ चमक तो है. यह असल में काफी

दीप्तिमान है.''

लिजा लैम्प की तरफ और सरकते हुए बोली – ''यह वाकई दीप्तिमान चमक बिखेर रहा है. अगर मैं इस लैम्प के बारे में और ज्यादा जान सकती तो कितना अच्छा होता.''

उसी क्षण, एक विस्फोट सा हुआ. सिरैमिक लैम्प के ऊपरी हिस्से से एक अंधा कर देने वाला प्रकाश उभरा और पूरे ड्राइंग रूम को उसने अपनी गिरफ्त में जकड़ लिया. घर को हिला देने वाली एक भयंकर गर्जना हुई और स्टैनली तथा लिजा स्तब्ध से बैठे रह गए. जैसे-जैसे धुँआ घटता गया उन्हें अपने सामने एक अजीब सी आकृति खड़ी दिखाई दी. वह एक वयोवृद्ध भद्र पुरूष जैसा था जिसने एक घिसा-पिटा कोट और सर पर पुच्छलदार टोपी पहन रखी थी.

स्टैनली और लिजा को यह बिल्कुल नहीं मालूम था कि उनके पास, उनके ड्राइंग रूम में खड़ा यह पुरूष कौन है किंतु उन्हें संभवत: यह जानकारी हो चली थी कि अब उनका जीवन पहले जैसा नहीं रह जाएगा.

अध्याय–चार

मुठभेड़

स्टैनली और लिजा दोनों स्तब्ध थे. यह उन स्थितियों में से एक थी जब आप यह निश्चित तौर पर नहीं समझ पाते हैं कि जो घटित हो रहा है वह वाकई सच है.

जैसे–जैसे धुंआ छटता गया वह घिसे–पिटे कोट वाला भद्र वृद्ध पुरूष आगे बढ़ा, सर की टोपी उतारते हुए उसने काफी नीचे तक झुककर अभिवादन किया. उसके होठों पर फैली मुस्कुराहट और आंखों में झांकती चमक से उनकी घबड़ाहट थोड़ी कम हुई.

उसने कहा –''गुड इवनिंग मिस्टर और मिसेज वाल्टर्स, मैं इरविंग हूँ और आपसे मुलाकात होना मेरे लिए गर्व की बात है.''

स्टैनली और लिजा अपने सामने खड़ी आकृति को खामोशी से निहारते रहे.

इरविंग बोलता ही गया –''ओह, मुहावरे वाली बिल्ली की तरह आप सब भी मूक हो गए हैं. ऐसा मेरे साथ अक्सर होता है क्योंकि मैं उन्मुक्त व स्वच्छन्द व्यक्ति की तरह विचरते हुए कहीं भी प्रवेश कर जाता हूँ.''

स्टैनली हकलाते हुए बहुत मुश्किल से बोला ''आप कौन हैं?''

मुठभेड़

इरविंग ने एक भारी मुस्कुराहट के साथ धीरज से जवाब दिया –''जैसा मैं पहले ही कह चुका हूँ मैं इरविंग हूँ. कुलनाम का ज्यादा महत्व नहीं है किंतु क्या मैं इतना कह सकता हूँ कि हमें कुछ भी करने से पहले हर चीज पर काफी नजदीक से ध्यान देने की जरूरत है.''

लिजा ने आगे झुकते हुए पूछा –''आप कहाँ से आए हैं और यहाँ क्यों हैं ?''

इरविंग ने जोरदार ठहाका लगाते हुए एक चक्कर लगाया और अपनी टोपी वापिस सिर पर रख ली.

वह बोला –''बहुत खूब, मैडम, एक बार में दो प्रश्न, तुम्हारे पहले प्रश्न का जवाब है मैं इस लैम्प से आया हूँ.''

इरविंग ने हाथ में पकड़ी बेंत की छड़ी से काफी टेबल पर रखे लैम्प की ओर इशारा किया.

''और आपके दूसरे प्रश्न का जवाब है कि मैं यहाँ एक ऐसा प्रस्ताव लेकर आया हूँ जिसे आप मना नहीं कर सकते हैं.''

स्टैनली खड़ा हो गया और बात काटते हुए बोला –''सुनो इरविंग, मैं नहीं जानता यहाँ क्या हो रहा है, लेकिन मैं चाहता हूँ कि तुम यहाँ से चले जाओ वरना मुझे पुलिस बुलानी पड़ेगी.''

इरविंग पुन: हँसा और बोला –''मैं इस प्रकार से तुम्हारे द्वारा किए गए किसी भी फोन का आनंद उठाना चाहता हूँ.''

इरविंग ने बड़ी नाटकीयता के साथ टेलीफोन का रिसीवर उठाया और कानों से लगाकर बोला –''हॅलो, पुलिस विभाग ? मैं यह रिपोर्ट दर्ज कराना चाहता हूँ कि मेरे द्वारा अपने पड़ोसी के गैरेज सेल से खरीदा गया लैम्प अभी–अभी मेरे ड्राइंग रूम में फट गया है और उससे एक बहुत ही अद्भुत , सुंदर, बुद्धिमान, भद्र पुरूष निकलकर मेरे सामने खड़ा है और जाना ही नहीं चाहता है.''

चिराग

इरविंग हँसते-हँसते दुहरा हो गया. उसने दो पूरे चक्कर लगाए, छड़ी के सहारे अपनी टोपी टिकाई और वापिस घुमाकर अपने सिर पर रखा.

उसने कहा -''यदि पुलिस को बुलवाया गया तो मुझे डर है कि वे मेरे बजाय तुम्हें ले जाएंगे.''

स्टैनली वापिस धीरे से सोफे पर बैठ गया. उसने और लिजा ने एक दूसरे की तरफ देखा और एक दूसरे के हाथों को पकड़ते हुए पुनः इरविंग की तरफ देखा.

लिजा ने पूछा -''आप लैम्प से इस तरह से कैसे बाहर आ पाए ?''

इरविंग ने मुस्कुराकर जवाब दिया -''प्रिय, यह एक व्यापारिक रहस्य है जिसे अगर मैंने तुम्हें बता दिया तो तुम विश्वास नहीं कर पाओगी.''

स्टैनली ने पूछा -''तुम कौन हो, जिन की तरह का कोई प्राणी या फिर कोई और ?''

इरविंग ने हंसते हुए कहा -''अगर इस विचार-विमर्श को जल्द निपटाना है तो यह कहना ठीक ही होगा कि मैं जिन हूँ.''

स्टैनली ने तड़ाक से जवाब दिया -''मैं तुम्हारे जैसा जिन आज तक नहीं देखा.''

इरविंग ने मुँह बनाते हुए कहा -''मेरे प्रिय स्टैनली आज तक तुमने कितने जिन देखे हैं ?''

स्टैनली ने गड़बड़ाते हुए जवाब दिया -''लेकिन तुम सिनेमा या टी.वी. पर दिखाए जाने वाले जिन की तरह तो नहीं हो.''

इरविंग ने झुंझलाते हुए जवाब दिया -''ऐसा हमेशा से होता आया है. लोग गैरेज सेल से 3 डालर का लैम्प खरीदते हैं और उम्मीद रखते हैं कि उन्हें उसमें से बारबरा एडेन या ऐसा ही कोई निकलता दिखे.''

मुठभेड़

इरविंग ने अपनी छड़ी से उनकी तरफ इशारा करते हुए उन्हें घूरा.

इरविंग ने बोलना जारी रखा. ''सुनो, मैं इस लैम्प में काफी दिनों से कैद हूँ. अपने कैरियर के इस दौर में मुझे ज्यादा काम नहीं मिलते हैं. आप मुझसे खुश तो नहीं होंगे किंतु, मैं यह कहना चाहता हूँ कि यहाँ आपके सामने खड़े होना मुझे कोई खास अच्छा नहीं लग रहा है.''

इरविंग ने उस छोटे से कमरे की अस्त व्यस्तता पर नजर दौड़ाई.

वह बोलता गया –''चूँकि अब हम सब यहाँ इकट्ठा हो ही चुके हैं तो हमें अपने अहम् एक किनारे रखकर इस अवसर का पूरा लाभ उठाना चाहिए.''

''स्थिति वाकई है क्या ? स्टैनली ने पूछा.

इरविंग ने मुस्कुराते हुए कहा –''हाँ अब आखिरकार हम किसी दिशा की ओर जा रहे हैं. मैं यहाँ उन लोगों द्वारा भेजा गया हूँ जो अपना नाम नहीं बताना चाहते. मेरे यहाँ आने का उद्देश्य आपके जीवन को एक विशेष तरीके से सँवारना है. मुझे कुछ ऐसी शक्तियां प्राप्त हैं जिनका विशेष शर्तों के अंतर्गत प्रयोग किया जा सकता है और जो तुम दोनों के लिए लाभदायक सिद्ध हो सकती हैं.''

स्टैनली खड़ा हो गया और कॉफी टेबल के आगे-पीछे घूमने लगा.

उसने कहा –''जो भी हो रहा है मैं उस पर विश्वास नहीं कर पा रहा हूँ. मेरा यह दिन काफी लंबा गुजरा और कुछ भी अच्छा नहीं घटित हुआ. मैं सोचता हूँ कि मैं अपने आप को पूरी तरह या तो खो चुका हूँ या फिर किसी तरह किनारे पर लटका हुआ हूँ.''

इरविंग ने जवाब दिया –''मुझे भी आपके पूरे दिन के कुछ पहलुओं को देखने का अवसर मिला और मुझे भी यह पूरी तरह तनावपूर्ण लगा. आप भले ही यह मानते हो कि आप काफी कुछ खो चुके हों या फिर किनारे पर उतरा रहे हो किंतु मैं आपको यह विश्वास दिलाना चाहता हूँ कि मेरे आने के बाद से जो कुछ भी हुआ है वह एकदम सच है.''

चिराग

स्टैनली ने टहलना बंद कर दिया और सीधे इरविंग की तरफ ऊँगली उठाते हुए बोला –“सच क्या है बताओ. क्या चल रहा है ? क्या हमें किसी *कैमरे* या किसी और ही चीज द्वारा *फिल्माया* जा रहा है ?”

स्टैनली ने ड्राइंग रूम के चारों तरफ छिपे हुए कैमरे की तलाश में नजर दौड़ाई.

अंत में लिजा उठी और उसने इशारे से स्टैनली को बैठने के लिए कहा. वह बोली –“मैं जानती हूँ कि यह अत्यंत भयपूर्ण है और मैं उतनी ही उलझ गई हूँ जितनी कि तुम लेकिन मैं वाकई यह सोचती हूँ कि हमें शांत होकर इरविंग की बातों की तरफ ध्यान देना चाहिए.”

इरविंग ने प्रथानुसार सर से टोपी उतारी और उन दोनों को झुककर अभिवादन किया.

उसने कहा –“बुद्धिमान युवती. अगर तुम लोग धीरज रखकर मेरी बातें सुनो तो सब कुछ स्पष्ट हो जाएगा.”

इरविंग ने सोफे पर बैठे हुए दम्पत्ति की तरफ नजर डाली और फिर उस छोटे से कमरे को गौर से देखा. उसकी नजर एक बार फिर स्टैनली और लिजा पर पड़ी

उसने कहा –“अपने दृष्टिकोण से तुम्हारे जीवन और रहन–सहन पर नजर डालने के बाद मैं यही कहना चाहता हूँ कि जितना खोओगे नहीं उससे कहीं ज्यादा प्राप्त करोगे.”

अध्याय-पांच

प्रस्ताव

स्टैनली ने सोफे पर बैठकर जल्दी-जल्दी अपनी आंखें झपकाईं. वह यही सोचता रहा कि शायद अब जब वह अपनी आंखें खोलेगा तो शायद सब कुछ सामान्य हुआ रहेगा. लिजा उसका हाथ पकड़कर उसके पास बैठी रही. वह निश्चित रूप से यह मान चुकी थी कि किसी भी क्षण जब वह जागेगी तो उसे यह सब एक स्वप्न जैसा लगेगा.

इरविंग मुस्कुराया और थोड़ा झुका.

उसने कहा -''काम की बात शुरू करने से पहले क्या हम कुछ नाश्ता कर सकते हैं जिससे सब कुछ सामान्य सा लगे.''

लिजा खड़ी होने लगी तो इरविंग ने उसे बैठ जाने का इशारा किया.

''नहीं-नहीं मैडम, मैं पहले ही इस काम के लिए उठ चुका हूँ अगर आप सबकी अनुमति हो तो मैं काम शुरू करूँ.''

इरविंग चरखी की तरह उठा और अपनी छड़ी से काफी टेबल की तरफ इशारा किया. एक हल्की सी चमक और ढेर सारा धुंआ उठा. धुंए के छंटने पर स्टैनली और लिजा यह देखकर चकित रह गए कि उनके सामने काफी टेबल पर ढेर सारे व्यंजन सजे थे. लजीज नाश्ते फल और हर तरह की शराब.

चिराग

इरविंग ने जोरदार ठहाका लगाया और कहा –''मुझे विश्वास है कि इनमें से कुछ वस्तुएं तो तुम्हारी पसंद की होंगी ही.''

लिजा अपने चारों तरफ रखे हुए चांदी के ट्रे, नाजुक चायना और क्रिस्टल के खूबसूरत बर्तनों को देखकर हैरान थी.

वह आश्चर्य से चिल्लाई –''यह अद्‌भुत है. आपने ऐसे कैसे....''

इरविंग ने हंसते हुए जवाब दिया –''मैडम, यह मेरे व्यवसाय का रहस्य है. यदि मैं अपने सभी व्यावसायिक रहस्य तुम्हें बता दूँ तो मेरे जैसे गरीब व्यक्ति की उपयोगिता ही इस दुनिया में क्या रह जाएगी ?''

इरविंग ने नाश्तों और पेय पदार्थों से भरी कॉफी टेबल की तरफ इशारा करते हुए कहा –''शर्माओ नहीं, कृपया खाने की शुरूआत करें.''

इरविंग हंसता हुआ बोलता ही गया –''ओह, मैं भी कितना नादान हूँ. यह तो आपका घर है. चलो छोड़ो, अब काम की बात हो जाए.''

स्टैनली और लिजा ने घबराते हुए अपने सामने रखे हुए खाने को चखना चालू किया. इरविंग ने अपना हैट उतारकर, उसे छड़ी की नोक पर रख दिया. वह पीछे मुड़ा और उसकी छड़ी रहस्यमय ढंग से बिना किसी सहारे के वैसी ही खड़ी रही. उसने संतुष्टि के साथ सर हिलाया और कहा.

''आप दोनों का चुनाव एक विशेष प्रोजेक्ट के लिए किया गया है. यह एक तरह का प्रयोग होगा अगर आपकी इच्छा हो तो.''

स्टैनली ने टोकना चाहा तो इरविंग ने उसका हाथ थामकर कहा –''भले व्यक्ति धीरज रखो. समय आने पर सब ठीक हो जाएगा.

इरविंग ने अपना गला खंखारते हुए कहना जारी रखा –''काफी समय से चले आ रहे जेनियो की प्रथा के अनुसार मैं यहाँ तुम्हारी तीन इच्छाओं की पूर्ति करने के लिए आया हूँ. तुम जो चाहो, जितना चाहो मांग सकते हो, केवल इस बात का ध्यान रखना

कि तुम मुझसे किसी ऐसी चीज की मांग मत करना जिसकी प्राप्ति तुम स्वयं कर सकते हो.''

स्टैनली सोफे से उछलकर इरविंग की तरफ बढ़ा. वह जोर से चिल्लाया – ''क्या यह संभव है ?'' हम कैसे विश्वास करें कि तुम सचमुच ऐसा काम कर सकते हो ? कोई भी आकर हमें तीन इच्छाएं मांगने को कह सकता है.''

इरविंग मुस्कुराया और लिजा की तरफ देखते हुए स्टैनली से बोला –''हर शताब्दी में मुझे शक करने वालों का सामना करना पड़ा है और मेरे प्यारे स्टैनली तुम उनमें से एक हो. मैंने सोचा कि मेरे भव्य प्रवेश, नाश्ते और...''

इरविंग ने उस रहस्यमय तरीके से खड़ी छड़ी और उस पर रखी टोपी की तरफ इशारा किया. स्टैनली ने टोपी, छड़ी और रहस्यमय तरीके से काफी टेबल पर सजाए गए फल और शराब की तरफ देखा.

स्टैनली धीरे से सोफे की तरफ धंसता हुआ बोला –''ओह यह कोई ट्रिक या ऐसा ही कुछ हो सकता है.''

इरविंग मुस्कुराते हुए बोला –''शक्की मिजाज. हममें से कुछ चट्टानी नमूने ऐसे ही होते हैं.''

इरविंग ने छड़ी से उतारकर टोपी अपने सिर पर रख ली. उसने छड़ी अपने दाएं हाथ में ली और ड्राइंग रूम के कोने में रखी एक पुरानी घिसी हुई कुर्सी की तरफ इशारा किया. छड़ी के अंतिम छोर से बिजली कड़की जिसकी रोशनी सभी दिशाओं में फैल गई और पलक झपकते ही कुर्सी ने छोटे से ड्राइंग रूम के किनारे में बैठे एक पूर्ण शेर का रूप धारण कर लिया.

स्टैनली और लिजा डर के मारे चीख पड़े. लिजा भय के मारे चिल्लाने लगी.

इरविंग ने बीच में टोका –''इसकी कोई जरूरत नहीं है मैडम. इस छोटे से घर के लिए एक पालतू प्राणी है जिसे मैंने इस अवसर पर बुलाया है.''

चिराग

इरविंग ने अपनी छड़ी का इशारा उस दहाड़ते शेर की तरफ किया और अगले ही क्षण शेर जा चुका था और उसकी जगह ले ली थी उसी पुरानी कुर्सी ने. इरविंग ने स्टैनली को प्रश्नवाचक नजरों से घूरा.

''मुझे और भी कुछ करने की जरूरत है ?'' स्टैनली अब कुछ बोल नहीं पा रहा था. अंत में वह बोला –''चलो, हम अब यह मान लेते हैं कि तुम जो कर रहे हो वह हो. और हम यह भी मान लेते हैं कि तुम यहाँ हमारी तीन इच्छाएं पूरी करने के लिए आए हो. लेकिन क्यों तुमने हमें ही चुना ?''

इरविंग ने गंभीरता के साथ अपना सिर हिलाया और कहा –''मेरे प्यारे, यह निर्णय लेना मेरे हाथ में नहीं था. मेरी हालत बिल्कुल वैसे ही है जैसे फेंइस्टीन, मार्टन और चांस में तुम्हारी स्थिति. मुझे काम सौंपे जाते हैं और मैं जितने कम प्रश्न पूछूँ उतना ही बेहतर होता है. तुम्हारी ही तरह मैं भी फर्म का पार्टनर बनने से कोसों दूर हूँ.

लिजा खड़ी हुई और बोली –''क्या मैं एक प्रश्न पूछ सकती हूँ ?''

इरविंग ने कहा –''बिल्कुल.''

लिजा ने पूछा –''यह सब कैसे होता है ? कब होता है ? हमें कैसे मालूम चलेगा कि हमें क्या पूछना चाहिए ?''

कमरा जैसे स्टैनली और लिजा के समक्ष घूम रहा था. उनकी आंखों के सामने जैसे इरविंग ज्यादा से ज्यादा पारदर्शी होता जा रहा था. छोटे से कमरे में धुंआ भर उठा था.

इरविंग की देहमुक्त आवाज ने कहा –''जितना भी तुम्हें जानना चाहिए था या तुम जान सकते थे जान चुके हो अब बहुत सावधानी के साथ अपना चुनाव करो.''

धुंआ गहरा चुका था. तेजी-तेजी चक्कर मारते हुए धुएं ने एक छोटे स्लेटी बवंडर का रूप धारण कर लिया था. एक ऐसा बवंडर जो सिरेमिक लैम्प के ऊपर घूमते –घूमते उसमें मानों समा के अदृश्य हो गया हो.

प्रस्ताव

स्टैनली और लिजा के सामने कॉफी टेबल पर रखे खाद्य पदार्थ और पेय जा चुके थे. इरविंग जा चुका था. वह कभी इस कमरे में आया था ऐसा कोई भी निशान कमरे में बचा नहीं था.

स्टैनली और लिजा ने बिना बोले भयभीत दृष्टि से एक दूसरे की तरफ देखा. अभी-अभी उन्होंने जो देखा था उस पर विश्वास करना लगभग असंभव था किंतु अविश्वास करना भी उतना ही मुश्किल था.

अध्याय–छह

चुनाव

स्टैनली और लिजा मौन नि:शब्द स्तब्ध बैठे रहे. दोनों बोलने से डर रहे थे. अंत में स्टैनली ने अपना हाथ उस पुरानी कॉफी की टेबल के ऊपर रखा जिस पर अभी कुछ देर पहले तक दावत का भरपूर सामान रखा था. उसने कॉफी टेबल से लैम्प को उठाया और उसे उलट–पुलट कर घूरता रहा. उस लैम्प में ऐसा कोई भी चिन्ह नहीं था जो उसे एक अमूल्य, पुराने सिरैमिक लैम्प से ज्यादा साबित करता. वह लैम्प को वापस कॉफी टेबल पर रखकर लिजा की तरफ मुड़ा.

स्टैनली ने पूछा –"अभी जो भी हुआ, तुमने देखा..." लिजा ने अपना सिर हिलाया.

स्टैनली बोलता ही गया –"इस पर विश्वास करना बहुत मुश्किल है. मेरा मतलब है मैं हमेशा की तरह एक सामान्य बोर दिन बिताकर काम से घर वापस आया और अचानक ही कहीं से..."

स्टैनली कॉफी टेबल पर रखे लैम्प को घूरता हुआ उसके इर्द–गिर्द चक्कर मारता रहा. उसने लैम्प को उठाया और लिजा के सामने रखता हुआ बोला –"तुमने इसे कहाँ से लिया ?"

चुनाव

लिजा ने उसे घूरते हुए जवाब दिया –''मैंने तुम्हें बताया न कि मैंने इसे नोरमा जॉन्सन के चैरिटी गैरेज सेल से खरीदा था. मैंने इसे 3.00 डालर में और कुछ अन्य अमूल्य सामानों को कुछ और डालर्स देकर खरीदा है.''

''नोरमा जॉन्सन को यह लैम्प कहाँ से मिला ?'' स्टैनली ने पूछा.

लिजा ने जवाब दिया –''स्टैनली, मुझे कैसे मालूम पड़ेगा ?''

स्टैनली ने लैम्प को वापस कॉफी टेबल पर रखा और पुरानी कुर्सी के नजदीक छोटी सी टेबल पर रखे फोन की तरफ पहुँचा. वह अचानक ठिठका और कुर्सी पर बैठने से पहले कुर्सी की बाँह पर अपना हाथ टिकाकर उससे ठीक–ठीक होने का जायजा किया. उसने कुर्सी के पीछे झांककर देखा कि कहीं कोई शेर तो नहीं छिपा है. अंत में सब कुछ सामान्य पाकर वह बैठ गया, फोन उठाया और फ्रेड तथा नोरमा जॉन्सन का नम्बर घुमाया.

लिजा ने बहुत सावधानी के साथ सुनने की कोशिश की, किंतु उसे केवल स्टैनली की आवाज सुनाई दी.

स्टैनली ने कहा –''ओह, हॅलो फ्रेड ! मैं स्टैनली वाल्टर्स, तुम्हारा पड़ोसी बोल रहा हूँ. हाँ मैं ठीक हूँ. तुम कैसे हो ? हाँ मुझे मालूम है घास काफी बढ़ गई है. मौका मिलते ही सबसे पहले मैं उसे काट डालूंगा. मुझे नोरमा से बात करना है.''

फोन पर नोरमा के आने तक स्टैनली कुर्सी के किनारे को अपने पैर से मारता रहा और चिंतित मुद्रा में काफी टेबल को घूरता रहा. अंत में फोन वार्तालाप वापस शुरू हुआ.

''हाय नोरमा. मैं स्टैनली तुम्हारा पड़ोसी. हाँ मैं जानता हूँ. मैं कल ही लॉन का काम सुबह–सुबह करूँगा. लेकिन मेरे फोन करने की वजह यह थी कि लिजा तुम्हारे गैरेज सेल से एक लैम्प खरीदकर लाई थी और मैं यह जानना चाहता था कि...''

लिजा को मालूम था कि नोरमा अपने वाक बौछारों से स्टैनली को बात करने

का मौका ही नहीं देगी. अंत में स्टैनली वापस वार्तालाप चालू कर पाया.

''सुनो नोरमा, लैम्प में कुछ खराबी नहीं है. मुझे पैसे वापस नहीं चाहिए. हमें सिर्फ यह जानने की बैचेनी थी कि तुम्हें यह लैम्प कहाँ से मिला.

लिजा ने स्टैनली की तरफ इस आशा के साथ देखा कि शायद कुछ ऐसा मालूम पड़ जाए जिससे पता चले कि नोरमा उससे क्या कह रही है.

अंत में स्टैनली बोला –''ठीक है नोरमा. धन्यवाद हम मिलते रहेंगे.''

स्टैनली ने फोन रख दिया.

लिजा ने पूछा, ''क्या हुआ?''

स्टैनली ने बताया –गैरेज सेल की सभी वस्तुएं पीटीए के सदस्यों द्वारा दान दी गई थी और किसी को इस बात का पता नहीं है कि यह वस्तुएं कहाँ से आई हैं. ये सभी किसी के पास से भी आ सकती हैं.

स्टैनली और लिजा दोनों ने लैम्प को घूरा. लिजा ने सन्नाटा तोड़ा.

स्टैनली, क्या होगा अगर यह सचमुच का हो तो ? क्या हो अगर हमें कहा जाए कि पूरे संसार से अपनी पसंद की तीन इच्छाएं चुन लो ?''

स्टैनली ने फटाक से जवाब दिया –''तुम जिन या उसके जादुई चिराग पर विश्वास कैसे कर सकती हो.

लिजा ने स्टैनली को घूरा और जवाब दिया –''अभी–तक जो कुछ भी हुआ है उसके बाद भी क्या तुम विश्वास नहीं कर सकते हो ? हमारे पास खोने को है क्या ?''

स्टैनली ने वापिस कॉफी टेबल के इर्द–गिर्द घूमना चालू कर दिया.

उसने कहा –''चलो ठीक है अगर हम यह मानकर चलें कि हमने आज रात जो भी देखा वह सब सच है. हम यह भी मान लें कि हमें तीन इच्छाएं मिली हैं और हम

संसार से जो भी चाहें मांग सकते हैं. अगर यह सच है तो हमें इसे मानना होगा. हम इसे बुझाना नहीं चाहते.

लिजा उत्तेजित होकर कूदते हुए चिल्लाई, ''मुझे एक मिंक का कोट, चेहरे की झुर्रियों को कम करने और शरीर से फालतू चर्बी घटाने की इच्छा है.

स्टैनली लिजा और लैम्प के मध्य में आते हुए चिल्लाया ''नहीं ! रूको.''

उसने लैम्प की तरफ व्याकुल नजरों से देखा बोला–''मैंने कहा, हम इसे बुझा नहीं सकते.''

लिजा ने पूछताछ की –''बुझने से तुम्हारा मतलब क्या है ? मिंक कोट, चेहरे की झुर्री कम करने और शरीर की चर्बी घटाने में क्या बुराई है ?''

स्टैनली ने कहा –''बच्चों जैसी बातें मत करो ? हम पैसे मांग सकते हैं और उस भरपूर धन से मैं तुम्हारे लिए मिंक कोट और दूसरी चीजें खरीद सकता हूँ.

लिजा निराश होकर पैर पटकती हुई बोली –''मुझे अपने चेहरे की इन झुर्रियों से छुटकारा चाहिए, मुझे फेस लिफ्ट चाहिए.''

स्टैनली बीच में बोला –''सुनो लिजा, बहुत ज्यादा पैसा होगा तो हमें तुम्हारे चेहरे को उठाने की जरूरत नहीं होगी, हम तुम्हारे पूरे शरीर को ही नीचे झुका सकते है, और यह चर्बी घटाना क्या है?

लिजा ने स्टैनली को गुस्से भरी नजरों से देखा और बोली –''चर्बी घटाने (लिपोसक्शन) का मतलब पेट, कूल्हों और जांघों में जमा चर्बी को हटाना है.''

स्टैनली विस्मय से बोला –'' क्या फालतू विचार है !'' ''हम किसी ऐसी फालतू बात पर अपनी इच्छा बरबाद नहीं कर सकते. हमें गंभीरता से सोचना पड़ेगा.''

लिजा और स्टैनली दोनों अपनी–अपनी जगह पर सोफे पर बैठे गए.

लिजा बोली –''शायद तुम ठीक कह रहे हो. अगर हम पहली इच्छा के रूप

में धन की मांग करें तो उससे सब कुछ खरीद सकते हैं.''

स्टैनली बोला –''सही है. हमें एक नया घर, नई कार, नए कपड़े, और.....''

लिजा ने बीच में टोका –''इस तरह से सोचते रहने की कोई जरूरत नहीं है स्टैनली. ऐसी कोई चीज नहीं है जिसे धन खरीद न सकता हो और जिसकी हमें जरूरत न हो. वे दोनों बैठकर शून्य में निहारते रहे और उन सारी चीजों के बारे में सोचते रहे जिसे धन खरीद सकता है.

अध्याय-सात

पहली इच्छा

दूसरे दिन सुबह 6 बजे का अलार्म वाल्टर्स के घर में वैसे ही बजा जैसे हर दिन सुबह वर्षों से बजता आ रहा था. अंतर सिर्फ इतना था कि स्टैनली और लिजा हमेशा के अपने निर्धारित समय से एक घंटे पहले ही उठ चुके थे. किचन टेबल पर बैठकर कॉफी पीते हुए स्टैनली और लिजा उन सारी सांसारिक संभाव्यताओं पर विचार कर रहे थे जो उनकी पहली इच्छा के पूर्ण होने पर हो सकती थी.

स्टैनली ने तो पर्यटन पत्रिका के जरिए यह भी निश्चित कर लिया कि वह किन जगहों की सैर करेगा. ऐसे स्थान जिन्हें देखने के वह सिर्फ सपने देखा करता था. हॉल से चलकर वह बेडरूम में पहुंचा और अलार्म घड़ी को बंद किया. उसे ऐसा महसूस हुआ कि आप अगर पहले से जगे हुए हों तो अलार्म का बजना कुछ ज्यादा खराब नहीं लगता है. या फिर चूंकि वह अब अरबपति बनने जा रहा था इसलिए अलार्म के बजने से उसे कुछ ज्यादा गुस्सा नहीं आया.

किचन टेबल पर स्टैनली व लिजा उन बच्चों की तरह थे जो क्रिसमस सुबह का आनंद उठा रहे थे. लिजा फैशन और घर सजावट से संबंधित पत्रिका को पलटती हुई अपनी नई जिंदगी का सपना बुन रही थी. उन दोनों में से कोई भी ऐसा नहीं था जिसे पिछले 20 वर्षों में कभी भी अपने जीवित रहने पर इतनी खुशी मिली हो.

चिराग

7 बजे के बाद स्टैनली ने फेंइस्टीन, मार्टन और चांस को फोन करके अपने सुपरवाइजर को वायस मेल के जरिए यह सूचित कर दिया कि वह गले की खराबी के कारण आज काम पर नहीं आ पाएगा. स्टैनली को मालूम था कि इससे उसके सुपरवाइजर को खुशी नहीं होगी फिर भी ऑफिस में अभी जो उसकी स्थिति है वह अब इससे बदतर नहीं हो सकती ऐसा स्टैनली को भरोसा था.

स्टैनली नील नदी की यात्रा से संबंधित लेख पढ़ने में मग्न था तभी लिजा बोली –"स्टैनली, एक मिलियन डालर के बारे में कल्पना करना भी कितना रोमांचक है. मैं तो यहाँ बैठे–बैठे ढेर सारे शून्यों के बारे में सोच रही हूँ."

स्टैनली ने हंसकर जवाब दिया –"इन सारी बातों की कल्पना कर पाना भी बहुत कठिन है. मैंने इस तरह की कभी कल्पना नहीं की."

बाकी की बची सुबह उन दोनों ने बैठकर, बातचीत करते, सपने देखने और उन सभी चीजों की सूची बनाने में निकाल दी जो वे करना चाहते थे या जिसे अपने पास देखना चाहते थे. अंत में स्टैनली ने खड़े होकर बदन को सीधा किया.

उसने कहा –"मुझे लगता है यही वह समय है जब हमें अपनी पहली इच्छा प्रकट करनी चाहिए."

लिजा ने गड़बड़ाकर जवाब दिया –"मुझे आश्चर्य है यह तुम कैसे करोगे. उसने यह तो बताया ही नहीं कि हमें अपनी पहली इच्छा कैसे प्रकट करनी चाहिए."

स्टैनली ड्राइंगरूम की तरफ बढ़ते हुए बोला, "मुझे लगता है तुम्हें जादुई चिराग को रगड़ना चाहिए या कुछ जादुई शब्द या फिर कुछ ऐसा ही बोलना चाहिए."

स्टैनली और लिजा वापस सोफे पर वहीं बैठ गए जहाँ पिछली शाम उनकी पूरी जिंदगी ही बदल गई थी. दोनों लैम्प को घूरने लगे. लैम्प बिल्कुल वैसा ही था जैसा गैरेज लैम्प से खरीदते समय था. भंगार का एक टुकड़ा–लिजा ऐसा ही कुछ सोचती रही.

स्टैनली आगे बढ़ा और उसने लैम्प को रगड़ना शुरू किया. लैम्प को आगे–

पीछे रगड़ते समय स्टैनली को उसकी ऊपरी सतह ठंडी और खुरदुरी लगी.

जब कुछ भी नहीं घटित हुआ तो लिजा स्टैनली से बोली –''मुझे लगता है हमें कुछ कहना चाहिए.''

स्टैनली ने उसकी तरफ घूरकर पूछा –''क्या ? मैंने ऐसा पहले कभी नहीं किया.''

लिजा लैम्प को घूरती हुई सीधी बैठ गई, और बोली, –''अबराकडबरा ! हमें मिलियन डालर दे दो.''

स्टैनली ने पीछे झुकते हुए एक निराशापूर्ण ठंडी सांस ली. वो और लिजा लैम्प को घूरते रहे, लेकिन कुछ भी नहीं हुआ.

अंत में लिजा ने बहुत कमजोर आवाज में कहा –''मुझे मालूम था कि यह सब कभी सच नहीं होगा. हमारे साथ कभी कुछ अच्छा हो ही नहीं सकता.''

कॉफी टेबल पर अपनी मुट्ठी जोर से मारते हुए स्टैनली चिल्लाया –''यही क्या कम खराब बात थी कि हमें इन दुखद परिस्थितियों में जीना पड़ रहा है लेकिन बहुत ज्यादा आशापूर्ण हो जाना तो और भी दुखद है.''

गुस्से में कूदते हुए स्टैनली ने चिराग की तरफ सीधे इशारा किया और जोर से बोला –''मैं एक मिनट के लिए ही सही इरविंग को अपने सामने देखना चाहता हूँ. मैं निश्चित रूप से उससे कुछ बातें करना चाहता हूँ.''

यही वह समय था जब सिरैमिक चिराग का ऊपरी हिस्सा एक ज्वालामुखी की तरह खुलने लगा. धुंए और बादलों से घिरे ऊपरी हिस्से से चिंगारियां और लपटें निकलने लगीं. ड्राइंग रूम के चारों तरफ एक गहरी खड़खड़ाहट सुनाई पड़ रही थी. तभी अचानक बिजली कौंधी और पता नहीं कहाँ से निकलकर इरविंग सामने उपस्थित हो गया. बिल्कुल पहले की तरह पुच्छलदार टोपी लगाकर बेंत से टिका हुआ. इरविंग मुस्कुराया और उसने सीधे स्टैनली की आंखों में घूरा.

चिराग

उसने कहा –‘‘मुझे लगता है कि तुम्हें मुझसे एकाध बातें करने की इच्छा थी.’’

यद्यपि स्टैनली और लिजा एक दिन पहले जिन से मिल चुके थे फिर भी वे उसे देखकर स्तब्ध थे. दोनों सोफे पर बैठकर जिन को आश्चर्य से निहारते रहे.

अंत में स्टैनली बोला –‘‘मुझे बहुत दुख होगा अगर मैंने कुछ ऐसा कहा हो जो मुझे नहीं कहना चाहिए था. हम दोनों बहुत तनाव में थे क्योंकि हमें यह समझ में नहीं आ रहा था कि आपको वापस कैसे लाया जाए.’’

इरविंग मुस्कुराया और अपनी टोपी उतारकर बेंत पर रख दी जो एक बार फिर हवा के बीच झूलती रही.

उसने कहा –‘‘प्रिय मैंने यह कहते हुए सुना है कि धीरज एक गुण है. मैं इसे सच समझता हूँ और यह भी मानता हूँ कि हर कदम पर इस गुण का पालन होना चाहिए.’’

स्टैनली और लिजा ने सिर हिलाया और इरविंग बोलता गया – ‘‘चलो औपचारिकताओं से बाहर आकर मुझे यह बताओ कि मैं तुम्हारे लिए क्या कर सकता हूँ ?’’

स्टैनली ने बोलना शुरू किया.

‘‘हम अपनी पहली इच्छा रखना चाहते हैं. हम चाहते हैं...’’

स्टैनली हकलाने लगा और लिजा ने उसका वाक्य पूरा किया,

‘‘अपनी पहली इच्छा के लिए हमें एक मिलियन डालर चाहिए.’’

इरविंग ने तीन चक्कर काटे और उसकी टोपी बेंत की घुंडी से तैरकर बड़ी सफाई से उसके सिर पर जा बैठी.’’

वह बहुत जोर से हँसा और बोला –‘‘तुम्हारी परिस्थिति में रहने वाला कोई भी ऐसी ही इच्छा की चाह रखेगा यह तो कोई भी समझ सकता है.’’

पहली इच्छा

इरविंग ने बोलते हुए अस्तव्यस्त कमरे के चारों तरफ नजर दौड़ाई.

उसने बोलना जारी रखा –''मेरे वचन के अनुसार तुम्हारी तीन इच्छाएं पूरी होंगी. तुम्हारी पहली इच्छा को मैंने नोट कर लिया है.''

स्टैनली बीच में बोला –''हमें धन कब मिलेगा.''

इरविंग जोर से सिर हिलाते हुए बोला –''तुम समझे नहीं. मैं तब तक तुम्हारी इच्छाओं की पूर्ति नहीं कर सकता हूं जब तक तुम उन तीनों इच्छाओं के बारे में बता न दो जिनको तुम स्वयं से प्राप्त न कर सकते हो.''

लिजा सहमकर बोली –''हम इस बात की आशा कर रहे थे कि मिलियन डालर हमें अभी ही मिल जाएगा. हम यह जानना चाहते थे कि मिलियन रुपए मिलने के बाद हमारा जीवन कैसा होगा.''

इरविंग मुस्कुराते हुए बोला –''ठीक है मैं इसकी एक झलकी तुम्हें दिखा सकता हूँ. क्या मुझे तुम्हारा टेलीविजन मिल सकता है ?''

इरविंग ने ड्राइंग रूम के कोने पर पड़े एक पुराने से टेलीविजन की तरफ दृष्टि फेंकी.

लिजा खिसियाकर बोली –''टी.वी. महीनों से नहीं चला है.''

इरविंग दबी हंसी के साथ बोला –''तब शायद अगर इसका प्रयोग मैं करूँ तो तुम्हें कोई आपत्ति नहीं होगी.''

उसने अपनी बेंत को टेलीविज़न की तरफ इंगित किया और एक खूबसूरत से घर में स्टैनली और लिजा नजर आए. उन्होंने बढ़िया कपड़े पहन रखे थे और एक भव्य ड्राइंगरूम में बैठकर वे शानदार रात्रि भोज का आनंद उठा रहे थे. इसके बाद स्टैनली को एक खूबसूरत स्पोर्ट्स कार चलाते हुए दिखाया गया. लिजा को डिजाइनर कपड़े और महंगे जेवर पहने हुए दिखाया गया. बंदरगाह की तरफ जाते हुए एक समुद्री जहाज की

चिराग

रेलिंग से टिककर स्टैनली और लिजा खड़े थे. फिर टी.वी. का परदा धुंधलाते हुए बंद हो गया.

टी.वी. बंद होने के बाद भी स्टैनली और लिजा परदे को घूरते रहे.

और अंत में जब उनकी नजरें टी.वी. पर से हटीं तो उन्होंने महसूस किया कि इरविंग जा चुका था और सब कुछ सामान्य हो चुका था, उतना ही सामान्य जितना उनके जीवन में हो सकता था.

अध्याय–आठ

संघर्ष

स्टैनली और लिजा ड्राइंगरूम के चारों तरफ कूदते, चिल्लाते, हँसते और एक दूसरे को बाँहों में भरते रहे. उनका बर्ताव एक ऐसे पर्यवेक्षक की तरह था जिसके हाथों में अचानक कोई अद्‌भुत करिश्मा लग गया हो.

लिजा विस्मित होती बोली –"क्या तुमने वे कपड़े और गहने देखे ? मैं कितनी सुंदर लग रही थी."

स्टैनली बीच में टोकते हुए बोला –"और वह स्पोर्ट्स कार कैसी थी ? मैं शर्त लगाता हूँ कि मुझे ऐसी कार चलाते हुए देखने की तुमने कभी कल्पना भी नहीं की होगी."

लिजा ने पूछताछ करते हुए कहा –"मैं चकित थी कि आखिर यह समुद्री जहाज हमें ले कहाँ जा रहा है ?"

स्टैनली ने हँसते हुए जवाब दिया –"यह हमें जहाँ हम चाहेंगे, वहाँ ले जाएगा क्योंकि अब तो हम अमीर हैं, अमीर और अमीर."

लिजा के चेहरे पर खुशी के आंसू बहने लगे, वह बोली –"मैं नहीं जानती कि अब मैं आगे क्या करूँ."

चिराग

लिजा ने घड़ी की तरफ जब नजर डाली तो उसे आभास हुआ कि आधी दुपहरी तो बीत चुकी है. समय इतनी जल्दी कैसे बीत गया यह सोचकर वह हैरान रह गई.

लिजा दुखी होते हुए बोली –''मुझे इस समय 20 मिनटों के भीतर डिपार्टमेन्टल स्टोर में अपने काम पर पहुँचना चाहिए. आज हमने जो भी देखा उसके बाद चेकआउट लाइन की दस घंटों की शिफ्ट में काम करना कितना मुश्किल होगा.

स्टैनली ने बड़ी गंभीरता के साथ सिर हिलाया.

तभी अचानक उसने ताली बजाते हुए कहा –''एक मिनट रूको. तुम्हें आज या कभी भी डिपार्टमेन्टल स्टोर में काम करने की जरूरत नहीं है. जरा टी.वी. के परदे का ध्यान तो करो ?''

लिजा जोर से हँसी और तुरंत अपनी पुरानी कुर्सी पर बैठते हुए कुर्सी के बगल में रखे हुए मेज से फोन उठाकर डिपार्टमेन्टल के स्टोर पर चिरपरिचित नम्बर डायल करने लगी. वह खुश हो गई जब फोन खुद स्टोर के मैनेजर मि. स्वार्ट्ज ने उठाया. वह वैसे भी लिजा को कभी पसंद नहीं था.

लिजा बोली –''मि. स्वार्ट्ज, मैं लिजा वाल्टर्स बोल रही हूँ.''

लिजा को मि. स्वार्ट्ज की आवाज में तनाव साफ झलक रहा था जब वे बोले –''लिजा, मुझे पूरा विश्वास है कि तुम आज न आने की बात मुझसे नहीं करोगी. आज मेरे पास वैसे भी कम लोग हैं और मैंने तुमसे एक नहीं कई बार कहा है कि अगर मैं अपने आदमियों पर विश्वास नहीं कर सकता तो उन्हें मेरे यहाँ आने की कतई जरूरत नहीं है.''

लिजा मुस्कुराई और शांत भाव से फोन पर बोली –''मि. स्वार्ट्ज आप जानते हैं, आप बिल्कुल सही कह रहे हैं. मैं आज से नहीं आ रही हूँ. मैं नौकरी छोड़ रही हूँ.''

लिजा के फोन रिसीवर पर रखते समय मि. स्वाट्र्ज की जोरदार आवाज को स्टैनली ने साफ–साफ सुना.

लिजा ने ठंडी साँस लेते हुए कहा –''अच्छा लगा !''

संघर्ष

स्टैनली ने आगे की गतिविधि तय करते हुए कहा, ''अब हमें अपनी अगली दो इच्छाओं के बारे में सोचना चाहिए जिससे हमें मिलियन डालर मिल सके. मैंने पहले ही इन दो इच्छाओं के बारे में सोच लिया है. अब हमारी अगली इच्छा होगी...''

लिजा गुस्से से स्टैनली की बात काटते हुए बोली –''तुमने अगली दो इच्छाओं के बारे में पहले ही सोच लिया है इसका क्या मतलब है ? मुझे लगा इस पर हम दोनों को मिलकर सोचना है. अगर तुम्हें याद है तो यह मैं ही हूँ जिसने चिराग को खरीदा था.''

स्टैनली ने उसे घूरा और पलटकर जवाब दिया –''मैं चकित हूँ कि तुम इस बात को कब तक दोहराती रहोगी. हमेशा तुम अपनी ही बात मनवाना चाहती हो.''

''मेरी बात ?'' वह बोल –''मुझे 20 सालों में अपने मन का कुछ भी करने को नहीं मिला है.''

स्टैनली गुर्राया –''क्या तुम यह सोचती हो कि मैं आधी रात को उठकर, ट्रैफिक की भीड़ से जूझता हुआ बेकार की नौकरी में पूरे दिन का तकलीफ उठाने और फिर उसी तरह वापस लौटने सिर्फ इसलिए जाता हूँ कि मुझे इस काम में आनंद मिलता है?''

स्टैनली और लिजा दोनों ने एक दूसरे को ठंडी नजरों से देखा, दोनों ही बोलने से घबरा रहे थे. अंत में लिजा ने दुखभरी सांस के साथ चुप्पी तोड़ी.

''स्टैनली, यह समय बहस करने का नहीं है. अपनी दूसरी और तीसरी इच्छा तय करते ही मिलियन डालर हमारे हो जाएंगे. हम बजाय एक दूसरे पर इस तरह चिल्लाने के उत्सव मनाते होंगे.''

स्टैनली ने सिर झुकाते हुए जवाब दिया –''तुम सही कह रही हो. मुझे लगता है यह सब अधिक उत्तेजना का परिणाम है.

लिजा बोली –''कभी–कभी मैं सोचती हूँ कि हमारे बीच सब कुछ वैसा ही होना चाहिए जैसा पहले था.''

स्टैनली ने निगाहें उठाई और बोला --''*पहले जैसा ही होना चाहिए*, तुम कहना क्या चाहती हो ?''

चिराग

वह बोली –"स्टैनली, हमारा संबंध कभी ऐसा होता था जिससे हमें खुशी होती थी और जिसे हम संजो कर रखते थे किंतु बहुत दिनों से हम अपनी शादी को सिर्फ बरदाश्त कर रहे हैं और इस बात में कोई बदलाव नहीं हो रहा है."

स्टैनली ने अपना बचाव करते हुए कहा –"जैसे दूसरों की शादी का हाल है वैसी ही हमारी शादी का है."

स्टैनली और लिजा दोनों ही अपने–अपने विचारों में डूब गए अत: कमरे में चारों तरफ सन्नाटा सा छा गया.

तब लिजा अपनी उँगलियां मरोड़ती हुई पूरे विश्वास के साथ बोली, "मुझे समझ में आ गया स्टैनली ! मुझे मिल गया."

स्टैनली गड़बड़ाकर बुदबुदाया –"हमें क्या मिल गया !"

"हमारी दूसरी इच्छा, स्टैनली," लिजा चिल्लाते हुए बोली.

"हम इच्छा करेंगे कि हमारा विवाहित जीवन पहले जैसा हो जाए. तब के जैसा जब हम..."

स्टैनली और लिजा ने एक दूसरे की तरफ प्यार से देखा और गर्मजोशी से मुस्कुराने लगे. उन्होंने एक–दूसरे को अपनी बांहों में भर लिया.

स्टैनली लिजा के कानों में बुदबुदाया –"तुम ठीक कह रही हो." मिलियन डालर से क्या होगा अगर तुम उनका आनंद उठाने के लिए मेरे साथ न होगी.

ओक क्रीक एस्टेट पर शाम का झुरमुट फैलने लगा था. स्टैनली और लिजा हाथों में हाथ डालकर काफी दूर तक टहलने के लिए निकल पड़े. वर्षों पहले अपने विवाह और सगाई से पूर्व जैसे वे एक–दूसरे से बातें करते थे वैसे ही प्यार भरी बातें उन्होंने आपस में की. उन्होंने उन क्षणों को याद किया जब सब कुछ शानदार हुआ करता था और कई सालों में पहली बार उन्होंने सोचा कि एक–दूसरे के साथ उनका भविष्य बहुत सुखमय होगा.

अध्याय–नौ

दूसरी इच्छा

लिजा दूसरे दिन सुबह जल्दी उठ गई और खुशी–खुशी स्टैनली के लिए उसका प्रिय नाश्ता मीठी रोटी, सॉसेज तथा ताजा निकाला हुआ संतरे का रस तैयार करने लगी. जबसे जादुई चिराग उनके जीवन में आया तब से उनसे संबंध कितने बदल गए हैं यह सोचकर ही लिजा रोमांचित हो उठी. वर्षों के चुप्पी भरे तनाव में अचानक ही एक नई ताजगी और आशा ने प्रवेश किया.

जितनी रोमांचित लिजा अरबपति बनने से हो रही थी उससे कहीं अधिक आवेश उसे यह सोच कर हो रहा था कि स्टैनली और उसके संबंधों के बीच एक बार पुन: ताजगी आ गई है.

ताजी–ताजी कॉफी और अपने प्रिय नाश्ते की सुगंध से स्टैनली जाग उठा. बिस्तर से उठकर हॉल से बाहर आने तक वह यही आशा कर रहा था कि किचन से आती हुई खुशबू सिर्फ एक स्वप्न न हो.

जब वह किनारे तक पहुँचा तो लिजा नाश्ते को अंतिम रूप दे रही थी. इस अवसर के लिए चाइना के बर्तनों को धूल झाड़कर निकाला गया था. टेबल के बीच में गुलदस्ते में सजा एक गुलाब का फूल था. लिजा ने अपने बाल करीने से संवार रखे थे

और सुंदर साफ कपड़ों में लिपटी हल्के मेकअप में सजी थी. चूंकि उसे दोपहर के काफी बाद काम पर जाना पड़ता था इसलिए वह याद ही नहीं कर पा रही थी कि पिछली बार वह सुबह-सुबह कब इतनी सजी-सँवरी थी.

लिजा ने मुस्कुराते हुए कहा - ''सुप्रभात,'' और दोनों ने एक-दूसरे का भावपूर्ण चुंबन लिया. काम पर जाते समय बहुत जल्दी-जल्दी में गाल पर दिए गए चुंबन से यह बिल्कुल भिन्न था.

स्टैनली को याद न था कि उसने इतना बढ़िया नाश्ता इससे पहले कब किया था. केवल खाना ही नहीं उसे अपनी पत्नी के साथ बैठकर बातें करने में कुछ मजा आया.

लिजा यह सोचकर खुश हो रही थी कि उसके सरप्राइज देने का तरीका स्टैनली को पसंद आया.

स्टैनली ने कॉफी के दूसरे कप की चुस्की ली तो लिजा ने टेबल साफ करना शुरू कर दिया. अचानक ही स्टैनली को समय का ध्यान आया, उसे लगा वह काम पर फिर देर से पहुँचेगा. उसने कुर्सी से छलांग लगानी ही चाही थी कि उसे आभास हुआ कि उसे आज या फिर शायद कभी भी आगे से काम पर जाना ही नहीं होगा. उसने इतने दूर तक के बारे में कभी सोचा ही नहीं था.

उसने अपने आफिस में सुपरवाइजर को फोन किया लेकिन वायसमेल मिलने में देरी हो गई. मि. ग्रिफीन तब तक अपनी डेस्क पर आ चुके थे. उसने फोन लपका और अधीर होकर चिल्लाया -''ग्रिफिन बोल रहा हूँ.''

स्टैनली ने डरकर थूक निगला.

वह बोला -''मि. ग्रिफिन, मैं स्टैनली वाल्टर्स बोल रहा हूँ. मेरा गला खराब है और मुझे लगता है कि आज मुझे घर पर ही रहना चाहिए.''

स्टैनली आवाज को थोड़ा बिगाड़ कर बोलने में कामयाब रहा.

''मुझे मालूम नहीं मैं फिर कब....''

मि. ग्रिफिन बीच में ही टोकते हुए बोले –''सुनो वाल्टर्स, हम सब यहाँ काम के भार से इतना दबे हैं कि तुम्हारे आने या न आने की हमें परवाह नहीं है.''

स्टैनली ने दूसरे छोर पर फोन के पटके जाने की आवाज सुनी. उसे समझ में नहीं आ रहा था कि जैसे लिजा ने नौकरी छोड़ दी वैसा ही वह स्वयं क्यों नहीं कर पाया. जब उसने मि. ग्रिफिन की आवाज सुनी तो शायद वह अपने पहले जैसे ढर्रे पर आ गया था.

लिजा स्टैनली की तरफ मुड़ी और पूछा –''तो क्या तुम अब तैयार हो ?''

स्टैनली ने धीरे से सिर हिलाया और ड्राइंग रूम की तरफ बढ़ा. दोनों ही सोफे पर बैठकर चिराग को घूरने लगे.

कुछ पलों के बाद लिजा ने पूछा –''क्या सोचते हो ?''

स्टैनली बोला –''मुझे वाकई नहीं मालूम कि ये काम कैसे करता है.'' कल मैंने चिराग को रगड़ा और फिर तुमने *अबराकडबरा* कहा लेकिन तब तक कुछ नहीं हुआ जब तक मैं पागलों की तरह चीखा–चिल्लाया नहीं.

लिजा ने सहमति में सर हिलाया और अस्फुट स्वर में बोली –''काश उसने हमें बताया होता कि हम जब चाहें उसे बुला कैसे सकते हैं.''

स्टैनली सिर हिलाता हुआ लिजा को घूर ही रहा था कि कॉफी टेबल पर रखा चिराग फव्वारे में बदलने लगा. चिराग के ऊपरी हिस्से से पानी निकलकर अद्‌भुत सा नजारा बनाने लगा. चिराग के निचले हिस्से पर जमी सफेद झाग और बादलों के कुहासे ने पूरे ड्राइंग रूम को घेर लिया. तभी बादलों के बीच से एक जानी–पहचानी हँसी की आवाज सुनाई दी और उनके सामने इरविंग आ खड़ा हुआ. लिजा और स्टैनली यह देखकर आश्चर्यचकित थे कि इरविंग पूरी तरह से सूखा हुआ था और जब कुहासा छँटा तो उन्होंने देखा कि ड्राइंग रूम में कहीं भी फव्वारे के पानी का नामोनिशान नहीं था.

स्टैनली चकित होकर बोला –''तुमने यह कैसे किया ?''

चिराग

इरविंग जोर से हँसा और सिर झुकाया.

उसने कहा –“अगर मैं स्वयं के लिए कहना चाहूँ तो मेरे प्रवेश करने के तरीकों में से यह एक श्रेष्ठ तरीका था किन्तु चूँकि नम्रता एक महत्वपूर्ण गुण है इसलिए मैं इसके बारे में ज्यादा नहीं बोलना चाहता.”

बिना सोचे–विचारे लिजा ने हाथ बढ़ाकर कॉफी की टेबल के उस सतह को छुआ जहाँ एक क्षण पहले ढेर सारा पानी इकठ्ठा हो गया था.

इरविंग बोला –“मैं आशा करता हूँ कि आप रात्रि में अच्छी तरह सोये होंगे और इस दिन का आनंद उठा रहे हैं.”

स्टैनली और लिजा ने चुपचाप सिर हिलाया.

इरविंग ने बोलना जारी रखा –“मैं कैसे आपकी सेवा कर सकता हूँ ?”

स्टैनली ने अपना गला खंखारा और कहना शुरू किया –“मैंने निर्णय किया है कि...”

स्टैनली ने बगल में बैठी लिजा की तरफ देखा और बढ़कर उसके हाथों को अपने हाथों में ले लिया.

उसने कहना जारी रखा –“हम दोनों ने तय किया है कि हम अपनी दूसरी इच्छा के रूप में यह चाहेगें कि हमारे आपसी संबंध बेहतर हो जाएं. वैसे ही जैसे पहले थे.”

लिजा बीच में बोल पड़ी –“हम पहले एक–दूसरे का भरपूर आनंद उठाते थे और हर काम साथ ही करना पसंद करते थे किंतु पता नहीं क्यों धीरे–धीरे हम एक–दूसरे से दूर होते गए.

इरविंग ने जोशीली मुस्कुराहट के साथ सिर हिलाया. उसने कहा –“बहुत बढ़िया. मैं समझता हूँ कि अब हम कुछ आगे बढ़ रहे हैं.”

दूसरी इच्छा

लिजा और स्टैनली दोनों मुस्कुराए.

लिजा ने पूछा –"क्या आप यह कर सकते हो ? मेरा मतलब है आप हमारी शादी को पहले जैसा बना सकते हो क्या ?"

इरविंग मानों चिराग के बगल में, फर्श और हवा के मध्य तैरता रहा.

वह बोला –"हाँ क्यों नहीं. शायद इसका भी चित्रण देखना उचित रहेगा.

इरविंग ने दूर किनारे पर रखे हुए पुराने टी.वी. की तरफ अपनी बेंत घुमाई. बेत से बिजली की कड़क सुनाई दी और जैसे ही उसने टेलीविजन को छुआ, परदे में जान आ गई.

एक उजाड़ समुद्री तट पर स्टैनली और लिजा हाथों में हाथ डालकर घूम रहे थे. जैसे ही समुद्री लहरें उनका कदम चूमती थी वे साथ खड़े होकर दूर क्षितिज के पार सूरज के डूबने का दृश्य देखते थे. स्थानीय खेल के मैदान में उनकी छवि बच्चों की तरह हँसते हुए खेलकूद कर रही थीं. अगले दृश्य में उन्हें विवाह के केक के समक्ष दूल्हा–दुल्हन की पारंपरिक वेशभूषा में दिखाया गया. वे कुछ ज्यादा बूढ़े नजर आ रहे थे. स्टैनली और लिजा यह समझ चुके थे कि कुछ समय बाद पड़ने वाले उनके विवाह की वर्षगांठ का दृश्य यह टी.वी. का परदा दिखा रहा था. क्योंकि इसमें उन्हें अपनी वैवाहिक प्रतिज्ञाओं को दुहराते हुए दिखाया गया था.

परदे पर अंधेरा छा गया और एक बार पुनः स्टैनली और लिजा ने यह महसूस किया कि वे ड्राइंगरूम में अकेले थे, साथ बैठे हुए, एक दूसरे का हाथ पकड़े हुए. उनका पिछला जीवन कैसा था और आगे का जीवन कैसा होगा. वे दोनों इसी सोच में डूब–उतर रहे थे.

अध्याय-दस

तलाश

दूसरी सुबह अंधेरा छंटने से पहले अपने आप को जॉगिंग करता देख स्टैनली स्वयं ही अचंभित था. इतने वर्षों में वह अपने थके-हारे शरीर को बमुश्किल हर सुबह बिस्तर से बाहर निकाल पाता था. किन्तु आज करोड़पति बनने की लालसा और लिजा के साथ सुधरते संबंधों की कल्पना मात्र से उसके अंदर एक अजीब सी ताकत आ गई थी.

जैसे ही आकाश के पूरब दिशा में गुलाबी लालिमा छाने लगी, स्टैनली ने धीरे-धीरे गहरी सांस लेते हुए टहलना शुरू किया. शरीर से निकलते पसीने और गहरी सांस का वह आनंद ले रहा था. वर्षों में पहली बार उसने अपने पड़ोस की तरफ गौर किया. कुछ एक घर में रोशनी दिख रही थी किंतु अधिकांश गहरी निद्रा से ढके थे.

वह उन दिनों की याद करने लगा जब अपने छोटे से घर से निकलकर वह और लिजा दोनों *ओक क्रीक एस्टेट* के इस घर में आए थे. उस समय यही उनका वह घर था जिसके वे सपने देखा करते थे और जिसमें उनके हिसाब से बहुत जगह थी. स्टैनली यह समझ नहीं पा रहा था कि यही घर तब उन्हें क्यों इतना आश्चर्यजनक और बड़ा लगता था और आज इतना छोटा और खराब.

स्टैनली जब अपने घर जाने वाले ढलान की तरफ मुड़ा तो उसने अखबार देने

वाले लड़के को पड़ोस में अखबार देते हुए पाया. लड़के ने स्टैनली को देखते ही उसकी तरफ अखबार फेंका. स्टैनली ने हवा में ही अखबार लपक लिया.

उसे भीतर से पता नहीं क्यों महसूस हो रहा था कि आज का दिन बहुत बढ़िया बीतेगा.

मुख्य दरवाजे को खोलकर ड्राइंग रूम में प्रवेश करते हुए स्टैनली ने अखबार खोल लिया. उसने मुख्य शीर्षकों पर नजर डाली और यह तय किया कि आगे से अखबार पढ़ने के लिए वह और भी समय निकालेगा. उसने यह भी तय किया कि वह न केवल अखबार पढ़ेगा बल्कि सभी तरह की पुस्तकों को पढ़ने के लिए समय निकालेगा.

स्टैनली किचन में काम करती लिजा के पास आया. पिछले दिनों की अविश्वसनीय घटनाओं पर चर्चा करते हुए उसने सुबह की पहली कॉफी की चुस्की ली.

लिजा बोली –''अभी यहाँ बैठे हुए सब कुछ कितना सामान्य लग रहा है. यह विश्वास करना कितना कठिन है कि हमारे साथ बहुत कुछ अद्‌भुत घटने वाला है.''

''नहीं तब तक नहीं जब तक हम अपनी तीसरी इच्छा तय नहीं कर लेते इरविंग ने कहा है कि हमें अपनी तीनों इच्छा प्रकट करनी होगी तभी वह उन्हें सच कर पायेगा –'' स्टैनली ने जवाब दिया.

लिजा ने एक पल सोचा और बोली –''एक मिलियन डालर और सुखद विवाह इससे ज्यादा हमें और क्या चाहिए.''

स्टैनली ने कहा –''मुझे मालूम है तुम क्या कहना चाहती हो. बहुत वर्षों से हमें ऐसा लगता रहा है कि या तो हमारे साथ खराब ही घटित होगा या फिर हमें कुछ पाने की उम्मीद ही नहीं रखनी चाहिए इसलिए वाकई में मुझे क्या इच्छा करनी चाहिए यह समझने में बहुत मुश्किल आ रही है.''

स्टैनली ने किचन घड़ी की तरफ नजर डाली. सात बजने में दस मिनट बाकी थे. वह यह समझ चुका था कि किसी भी हालत में 8 बजे सुबह की स्टाफ बैठक में वह

नहीं पहुँच सकता है और अगर उसे पुन: बीमारी की छुट्टी लेनी है तो उसे जल्दी ही कुछ करना होगा जिससे मि. ग्रिफिन के आने के पहले ही वह उनके वायस मेल पर छुट्टी का संदेश भेज सके.

स्टैनली ने दुखद सांस ली और बोला -''मैं वाकई अपने काम से घृणा करता हूँ. मैं नहीं चाहता कि बीमारी का बहाना बनाऊँ. मुझे तो हर दिन काम पर जाने और उन लोगों के साथ कुछ ऐसा अर्थपूर्ण काम करने की इच्छा होती है जिनका साथ मैं पसंद करता हूँ.''

फेंइस्टीन, मार्टन और चांस को फोन करने के लिए स्टैनली आधी दूर तक गया ही था कि उसे अपने पीछे कुछ टूटने की आवाज आई. पीछे मुड़ा तो उसने देखा कि लिजा नाबदान के पास खड़ी है और उसके पैरों के पास फर्श पर टूटी हुई प्लेट पड़ी थी.

वह हक्की-बक्की होकर बोली -''बिल्कुल सही, हमें अपनी तीनों इच्छाएं मिल गई.''

स्टैनली ने अचंभित होकर पूछा -''क्या तुम यह कहना चाहती हो कि हम नई तश्तरियों के लिए इच्छा करें.''

''नहीं स्टैनली,'' लिजा बोली, ''हम इरविंग से कहेंगे कि हम दोनों को ऐसा कैरियर चाहिए जिसका हम आनंद उठा सकें. हम वह सब काम करें जो वाकई हमें पसंद हो. ऐसे काम जो कुछ अलग व अर्थपूर्ण हो जिनसे दुनिया में बदलाव आ सके. मैं डिपार्टमेन्टल स्टोर में काम करने से दुखी थी और तुम सालों से अपने फर्म की नौकरी का मजा नहीं उठा पा रहे थे.''

स्टैनली के चेहरे पर मुस्कुराहट फैल गई और वह लिजा को बांहों में भरने के लिए बढ़ा. स्टैनली के कदमों में उछाल थी जब वह ऑफिस में फोन करने के लिए ड्रांइग रूम की तरफ गया. ग्रिफिन के वायेस मेल पर संदेश छोड़कर फोन रिसीवर पर रखते समय स्टैनली सोच रहा था कि उसकी आवाज में बीमारी की झलक के बजाय उत्तेजना की झलक कोई भी महसूस कर सकता है.

तलाश

स्टैनली नहा–धो कर तैयार हो ही रहा था कि अचानक लिजा को पिकनिक लंच तैयार करने की सूझी. नहा धो कर दाढ़ी बनाकर अच्छी तरह से तैयार हुआ स्टैनली जैसे ही बेडरूम से बाहर आया उसने लिजा को उस पिकनिक बास्केट के साथ खड़ा देखा जो वर्षों से स्टोर रूम में धूल खा रही थी.

स्टैनली ने उधर इशारा करते हुए पूछा –''यह किसलिए है ?''

लिजा हँसी और बोली –''यह पिकनिक के लिए है स्टैनली''

स्टैनली हँसा और बोला –''मुझे मालूम है. मेरे कहने का मतलब है कि तुम उसे पकड़ कर वहाँ क्यों खड़ी हो ?''

लिजा ने समझाया ''स्टैनली, मैंने सोचा कि हम शहर की तरफ घूमने के लिए जायेंगे और एक अच्छी सी जगह देखकर पिकनिक और इस खूबसूरत दिन का आनंद उठाएंगे. इससे हमें इस बात को तय करने का मौका मिल जाएगा कि हम आखिर किस तरह का कैरियर चुनना चाहते हैं और फिर अपनी तीसरी इच्छा के बारे में इरविंग को बताने में आसानी रहेगी.

स्टैनली मुस्कुराया और उंगलियों पर गिनती करते हुए बोला –''पहली बात, मुझे एक खूबसूरत स्त्री के साथ दिन बिताने का मौका मिलेगा. दूसरी बात, मुझे पिकनिक लंच का आनंद मिलेगा और तीसरी बात शहर में एक शानदार दिन बिताने और यह निर्णय करने का अवसर मिलेगा, कि मैं अपनी बाकी बची जिंदगी कैसे गुजारना चाहता हूँ.''

स्टैनली ने कंधे उचकाते हुए कहा –''मुझे चलता है.''

स्टैनली और लिजा को पिकनिक के लिए शहर में एक अत्यंत सटीक जगह मिल गई. एक घनेदार वृक्ष के नीचे लिजा ने कंबल बिछाया और वे बैठकर बतियाने लगे.

लिजा ने यह तय किया कि अगर उसे अपने जीवन में मनचाहा करने को कहा जाए तो वह यही चाहेगी कि वह एक अच्छी सी डिजाइनर बनकर लोगों के घर और

उनके व्यवसाय को एक खूबसूरत जगह में बदल देने में उनकी मदद कर सके.

स्टैनली ने निर्णय किया कि उसे लेखा और व्यवसाय कार्य में मजा आता है. उसकी समस्या केवल यह थी कि ''फर्म में सब कुछ उलझ गया है और उसका कैरियर पूरी तरह से थम सा गया है.''

पश्चिम की तरफ बढ़ता हुआ सूरज जब डूबने के कगार पर पहुँचने लगा तो स्टैनली और लिजा ने पिकनिक लंच का बचा खुचा सामान उठाया, कंबल को तह लगाया और हाथों में हाथ डालते हुए अपनी कार तक वापस आ गए. सिर्फ ऐसे जीवन और कैरियर के बारे में जो उनके लिए अर्थपूर्ण है सोचना मात्र ही उन्हें यह अहसास करा गया कि वे जीवंत है.

अध्याय–ग्यारह

तीसरी इच्छा

स्टैनली और लिजा आराम की नींद सोये और नए दिन की आशा में उत्साहित होकर जगे.

स्टैनली ने ऑफिस में फोन करने की जिम्मेदारी निभा दी थी. उसने सोचा कि पहले ही उसके पास इतनी सारी मुसीबतें हैं कि एक और दिन से कुछ बनने बिगड़नेवाला नहीं है. और चूंकि आज शुक्रवार था अत: आज के दिन छुट्टी लेने से पूरे सप्ताहांत तक जीवन को सही ढर्रे में लाने में आसानी होती.

लिजा और स्टैनली ने सुबह–सुबह टहलने का आनंद उठाया. उन्होंने उन सभी संभावनाओं पर भी उत्तेजित होकर विचार किया जिसका सामना उन्हें अपनी पसंद का कैरियर चुनने पर करना होगा.

स्टैनली बोला –''बजाय सप्ताह के खत्म होने के इंतजार करने के, हर दिन ऑफिस जाने और अगले दिन की उत्सुकता करने की प्रतीक्षा करने का विचार मात्र ही लगभग असंभव लगता है.''

लिजा बोली –''काम का मतलब है वह करना जिससे आपको खुशी मिले, न कि वह जिसे आपको करना पड़े.''

चिराग

टहलना खत्म करके वे अखबार बांटनेवाले लड़के के राउंड मारने तक घर वापस आ गए. एक बार पुन: लड़के ने अखबार का पुलिंदा स्टैनली की तरफ उछाल दिया और एक दिन पहले की ही तरह स्टैनली ने उसे एक हाथ से लपक लिया. लिजा ने तालियाँ बजाकर स्टैनली का हौसला बढ़ाया.

स्टैनली ने सिर झुकाया और कहा –''दो दिन तक लगातार, मैं तुम्हें बताता रहूँगा.''

दोनों हँसे और हाथों में हाथ डालकर अपने घर में गए उसी दिन सुबह बाद में एक बार फिर वे सिरैमिक चिराग को घूरते हुए कॉफी टेबल के सामने सोफे पर बैठ गए जब वे अपनी तीसरी इच्छा के बारे में सोच रहे थे तो घर में पूरी तरह सन्नाटा छाया था.

स्टैनली ने सन्नाटे को तोड़ते हुए कहा –''तुम क्या सोचती हो, हमें क्या करना चाहिए ? मुझे अभी तक नहीं मालूम उसे बुलाया कैसे जाए ?''

लिजा कंधे उचकाते हुए बोली –''मुझे भी कुछ मालूम नहीं.''

अगले कुछ घंटों तक, स्टैनली चिराग रगड़ता रहा और लिजा हर तरह के जादुई मंत्रों का प्रयोग अदल-बदल कर करती रही. स्टैनली आगे पीछे टहलता हुआ चिराग की तरफ इशारा करते हुए चिल्लाया भी. लिजा इरविंग का नाम ले-लेकर उसे पुकारती, गिड़गिड़ाती रही.

अंतत: वे थक हारकर निराश होकर सोफे पर गिर पड़े. स्टैनली बोला –''हम सिर्फ बैठे हैं, कुछ नहीं कर रहे हैं. यह सब एक भद्दा मजाक है.''

लिजा बहस की मुद्रा में बोली –''नहीं यह नहीं हो सकता. हम दोनों ने टी.वी. परदे के सारे दृश्य और जिन को देखा है.''

स्टैनली ने पाँव पटकते हुए तनाव भरी मुद्रा में घोषित किया –''अगर यह सब मजाक नहीं था तो मुझे विश्वास है कि वह जरूर आएगा.''

अचानक, लिजा ने स्टैनली की बाँह पकड़ी और बोली, ''देखो.'' वे दोनों

चिराग के ऊपरी हिस्से को घूरने लगे जहां से अंगूर की शाख सी फूट रही थी. अंगूर की बेल बहुत तेजी से बढ़ती हुई आपस में उलझ सी गई. लिजा और स्टैनली सोच ही रहे थे कि यह शाख बढ़ते-बढ़ते पूरे कमरे को घेर लेगी कि तभी अंगूर की उन बेलों ने एक मानव आकृति की शक्ल ले ली जो उनके सामने खड़ा था. तभी धुओं की तह और घंटे की आवाज के साथ इरविंग प्रकट हुआ.

वह नम्रता के साथ झुका, अपनी टोपी छुई और कहा -"आप जैसे भद्र व्यक्तियों को प्रतीक्षा कराने के लिए मुझे खेद है." कई महत्वपूर्ण काम निपटाने थे. सपनों को सच करना कोई आसान काम नहीं है. लेकिन बहुत हो गया. मुझे लगता है आपने यहाँ मुझे तीसरी और अंतिम इच्छा बताने के लिए बुलाया है."

स्टैनली और लिजा दोनों ने एक साथ स्वीकृति में सिर हिलाया.

लिजा ने बोलना शुरू किया -

"हमने यह तय किया है कि हम नए कैरियर की इच्छा करेंगे. इस फर्म में स्टैनली आगे नहीं बढ़ पा रहा है और उसे अपना काम पसंद भी नहीं है. और मैं डिपार्टमेन्टल स्टोर के चेकआउट लाइन में काम करती हूँ."

इरविंग ने अपना हाथ उठाकर उसे शांत करते हुए कहा -"मैडम, मैंने तुम दोनों को कार्य करते हुए देखा है अतः इतना सब कुछ विस्तार से बताने की जरूरत नहीं है."

इरविंग मुस्कुराते हुए बोलता रहा -"मुझे लगता है कि आप जिन परिस्थितियों से गुजर रहे हैं उनमें यह निर्णय बहुत सटीक है."

स्टैनली ने कहा उसे लेखा और व्यवसाय का कार्य बहुत पसंद है और उसे यह लगता है कि इन क्षेत्रों में वह कुछ अलग करके दिखा पाएगा. लिजा की आंतरिक साज-सज्जा और डिजाइनिंग के कार्यों के प्रति रूचि को भी स्टैनली ने बताया.

इरविंग ने सिर हिलाते हुए स्टैनली की बातों को गंभीरता से सुना.

चिराग

स्टैनली ने जब अपनी बात समाप्त की तो इरविंग ने जोरदार ठहाका लगाया और स्टैनली और लिजा के सामने कॉफी टेबल की दूसरी तरफ बैठ गया. अपने बाएं घुटने पर उसने दायां पैर रखा और आराम से पीछे की तरफ झुक गया, स्टैनली और लिजा का मुँह आश्चर्य से खुला रह गया, उन्हें लगा कि इरविंग हवा के बीच झूल रहा है. जहाँ वह बैठा था वहाँ कोई कुर्सी थी ही नहीं.

इरविंग बोला –''अब तक जो कुछ भी हुआ है उसे रिकॉर्ड के लिए मुझे दुहरा लेने दो. जैसा कि आपको मालूम है आपको ऐसी तीन इच्छाएं मांगने के लिए कहा गया था. जिसे आप स्वंय से पूरा न कर सकते हों. आपने एक मिलियन डालर, एक शानदार वैवाहिक जीवन और जो आप दोनों को आनंद दे वैसा एक कैरियर की इच्छाएं प्रकट की हैं''

स्टैनली और लिजा को सीधे ताकते हुए इरविंग ने पूछा –''अभी तक मैंने जो बताया वह ठीक है न ?''

उन दोनों ने सर हिलाया और स्टैनली बोला–

''तो हमें धन और बाकी सब कुछ कब तक मिलेगा ?''

इरविंग मुस्कुराते हुए अपनी जगह से उठा. उसने कहा –''मैं अब अपने उच्चाधिकारियों से बात करूँगा और वे जैसा चाहेंगे इस मामले से निपटाने का प्रबंध करेंगे.''

उसने पूछा –''क्या अब इस बार कुछ और नया होगा ?''

लिजा ने पूछा –''इस बीच हमें क्या करना चाहिए?''

इरविंग ने तीन चक्कर काटे और अपनी बेंत का इशारा टेलीविजन की तरफ करते हुए बोला –''मेरे प्रिय, अगले समय तक हमेशा सकारात्मक विचार अपने मन में लाने की याद रखो.''

टी.वी. के परदे पर आते हुए दृश्यों में स्टैनली को सफाई से सिले हुए शानदार

बिजनेस सूट में बैठक करते और महत्वपूर्ण ग्राहकों से बात करते हुए दिखाया गया. ऐसा लगता था कि वह अपने काम का पूरा आनंद उठा रहा है. स्टैनली सोफे पर बैठे-बैठे उन दृश्यों का भरपूर मजा ले रहा था क्योंकि अपने कैरियर के लिए उसने ऐसे ही सपने देखे थे. सहसा दृश्य बदलकर लिजा की तरफ केंद्रित हो गया जो खूबसूरत रंगों और कपड़ों पर काम करती हुई एक अद्‌भुत कलाकृति की सज्जा को अंतिम रूप दे रही थी.

स्टैनली और लिजा नि:शब्द स्तब्ध बैठे थे जब दृश्य अचानक अंधेरे में तब्दील हो गया. एक बार फिर बिना कोई निशान छोड़े इरविंग अदृश्य हो गया.

लिजा ने कहा -''मुझे लगता है हमें वैसा ही करना चाहिए जैसा उसने कहा है अर्थात हमें सकारात्मक विचारों को ही ध्यान में लाना चाहिए.''

स्टैनली कोने में रखे हुए बंद टी.वी. की तरफ बढ़ते हुए बोला -''हाँ, हमारे पास बहुत से ऐसे विचार हैं जिनपर हम सकारात्मक ढंग से सोच सकते हैं.''

अध्याय–बारह

विचार–विमर्श

जिंदगी में बहुत थोड़ी सी ही बातें ऐसी होंगी जो जबरन प्रतीक्षा करने से ज्यादा कठिन हो.

स्टैनली और लिजा ने पूरा दिन बहुत तकलीफ में बिताया. उनके लिए एक पल से अधिक ध्यान केंद्रित कर पाना बहुत मुश्किल हो रहा था. मिलियन डालर, एक शानदार वैवाहिक जीवन और आदर्श कैरियर का विचार उनके दिमाग में घूमता रहा.

स्टैनली ने दोपहर का अधिकतर समय पर्यटन से संबंधित पत्र–पत्रिकाओं को देखने में गुजार दिया. मिलियन डालर को खर्च करने की बातें उसके दिमाग में उथल–पुथल मचा रही थी.

लिजा सोफे के कोने में बैठकर गृह सज्जा और फैशन डिजाइनिंग की पुस्तकों को पढ़ने में तल्लीन रही. हमेशा से उसकी रूचि इस क्षेत्र में थी किंतु अब जब यह कैरियर बनने जा रहा था तो इसका महत्व और भी बढ़ गया था. स्टैनली और लिजा दोनों ही बहुत उम्मीदों के साथ चिराग को घूरते रहे.

अंत में स्टैनली ने सन्नाटा तोड़ा. वह लिजा की तरफ मुड़कर बोला – "चलो हमें खाना खाने के लिए जाना चाहिए. मैं यहाँ खड़ा रहकर प्रतीक्षा करने से ऊब चुका हूँ."

लिजा ने चिंतित नजरों से चिराग की तरफ देखा. ''अगर हम यहां नहीं हैं और वह आ गया तो? हमें मालूम नहीं कितना समय लगेगा.''

स्टैनली ने जवाब दिया –''मुझे नहीं लगता कि हमारे न रहने पर वह यहाँ आएगा. मुझे ऐसा लगता है कि उसे हम क्या कर रहे हैं इसकी जानकारी हमेशा रहती है.''

लिजा और स्टैनली कुछ ही देर में अपने बेहतरीन वस्त्रों में सजकर डिनर के लिए निकल पड़े. तीन इच्छाओं की प्रतीक्षा में वे कुछ तनाव तो महसूस कर रहे थे पर फिर भी साथ–साथ शाम बिताने का भरपूर आनंद उठाया. अपने प्रिय रेस्टोरेंट में डिनर का स्वाद लेते हुए उन्होंने भविष्य की योजनाओं पर चर्चा की.

रात को सोने के लिए जाते समय वे औरों की तरह सिर्फ यही सोच रहे थे कि शायद हमारा कल आज से अच्छा होगा.

दूसरे दिन की सुबह चमकीली धूप भरी थी. ऐसा लगता था कि आज का दिन बेहतरीन दिन होगा. साधारणतया वाल्टर्स के घर में शनिवार का दिन सोने और अगले सप्ताह की परेशानियों को भूलने में बीतता था.

स्टैनली और लिजा ने साथ–साथ टहलने और नाश्ता करने का मजा लिया. बिना कुछ टीका–टिप्पणी किए स्टैनली लान की बढ़ी हुई घास काटने में लग गया. अपना काम वह आधा ही पूरा कर पाया था कि उसने देखा लिजा बहुत दिनों से वैसे ही पड़ी फूलों की क्यारियों को संवारने में जुटी थी. उन्होंने कूड़े–कचरे को साफ करके, पत्तियों की नोक को काटकर घास के पास रखे बैग में भर दिया.

दोपहर समाप्त होने तक वे स्वयं अपने किए कार्य से खुश थे. वाल्टर्स का घर कई वर्षों के बाद अच्छा दिख रहा था.

स्टैनली जब अपने औजार इकट्ठा करके उन्हें गैरेज में रखने की तैयारी कर ही

रहा था तभी उनका पड़ोसी फ्रेड जॉन्सन नजर आया.

वह चिल्लाते हुए बोला –“स्टैनली, तुम मेरा क्या हाल कर रहे हो ?” अच्छे ढंग से सजे–सवेरे लॉन को देखते हुए फ्रेड ने बोलना चालू रखा– “मैं इस ढंग से कभी नहीं रख पाऊँगा. नोरमा मुझे कभी इस कार्य को समाप्त करने का मौका ही नहीं देगी.”

स्टैनली ने मुस्कुराते हुए अपने पड़ोसी से हाथ मिलाया और मौसम, पड़ोस तथा स्थानीय खेल दलों के बारे में बात की. स्टैनली सोच रहा था कि इससे पहले उसने कभी यह सोचा भी नहीं था कि फ्रेड जॉन्सन वाकई एक अच्छा इंसान है.

लिजा द्वारा बनाए गए स्वादिष्ट डिनर का स्वाद लेते हुए लिजा और स्टैनली दोनों ने उन महत्वपूर्ण बातों पर विचार किया जो उनके दिमाग में चल रहे थे.

स्टैनली ने पूछा –“तुम्हें क्या लगता है हमें कब तक प्रतीक्षा करनी होगी ?”

लिजा ने कंधे उचकाते हुए जवाब दिया–“मुझे कुछ नहीं सूझता. मुझे पहले कभी इस बारे में ख्याल भी नहीं आया.”

अचानक स्टैनली ने चिंतित भाव से लिजा की तरफ सीधे देखते हुए पूछा – “तुम अभी भी सोचती हो कि यह सब सच है, है ना ? मेरे कहने का मतलब है कि तुम इसे एक भद्दा मजाक नहीं मानती हो न ?”

लिजा ने एक क्षण सोचा और फिर सिर हिलाते हुए बोली –“नहीं स्टैनली, मैं वाकई यह सोचती हूँ कि हमारे साथ कुछ अच्छा घटित होने वाला है. असल में, मुझे तो लगता है कि ऐसा होने की शुरूआत पहले ही हो चुकी है.”

स्टैनली और लिजा दोनों ने डिनर के बाद की कॉफी ड्राइंग रूम में बैठकर पी, किंतु लगातार चिराग की तरफ घूरते रहने से उनका ध्यान बातचीत की तरफ केंद्रित नहीं हो पा रहा था. अंत में वे यह सोचकर सोने चले गए कि अब आज के दिन शायद इरविंग के लिए आ जाना संभव नहीं होगा.

अगली सुबह रविवार की सुबह थी. स्टैनली और लिजा चर्च गए. चूँकि वे

महीनों बाद चर्च गए थे अत: लोगों को ऐसा लगा कि यह शायद विशेष धार्मिक छुट्टी का दिन है.

स्टैनली और लिजा ने संदेश व गायक मंडली के संगीत का आनंद उठाया. वे सभी बातें जो उनके जीवन में घटित हो रही थीं उसके लिए वे दोनों बहुत आभारी थे.

सर्विस के बाद चर्च की सीढ़ियों पर उन्होंने अपने पुराने दोस्तों से मुलाकात की व उनके साथ लंच का मजा उठाया कार से वापस घर आते समय स्टैनली ने लिजा से कहा कि पिछले कुछ दिनों में उन्हें अपने मित्र व पड़ोसी कितने अच्छे लगने लगे हैं.

घर लौटे तो उनका सामना शांत और अचल सिरैमिक चिराग से हुआ. सोफे पर हाथ पर हाथ रखकर वे प्रतीक्षा करते हुए बैठे रहे.

अंत में निराश होकर लिजा बोली –"मैं यहाँ बैठे–बैठे बीमार और थक सी गई हूँ. लगता है यह सब जितने जल्दी समाप्त हो जाए उतना ठीक है."

अभी शब्द उसके मुँह से निकले ही थे कि चिराग के मुँह से झाग सा निकलने लगा. यह चिराग के ऊपर से होता हुआ अन्य बुलबुलों के साथ मिलकर तेजी से बढ़ता हुआ काफी टेबल पर छाने लगा. बुलबुले इतने जल्दी बढ़ रहे थे कि लगा वे शीघ्र ही पूरा कमरा भर देंगे. उनके फटने की आवाज पापकार्न के फूटने की आवाज से मेल खा रही थी.

तभी एक जोरदार धमाके के साथ सभी बुलबुले गायब हो गये और इरविंग का मुस्कुराता हुआ चेहरा उनके सामने खड़ा हो गया.

अध्याय-तेरह

मिलियन डालर उत्तर

इरविंग ठहाके लगाता हुआ हँसा. उसने घूमकर एक चक्कर लगाया और टोपी उतारकर बेंत की छड़ी पर रख दी जो पहले की तरह हवा के बीच में झूल रही थी. अपने हाथों को मलते हुए उसने स्टैनली और लिजा को घूरा तथा बोला.

''मुझे आशा है कि मैंने आपको ज्यादा प्रतीक्षा नहीं कराई. मैं बहुत, बहुत, बहुत व्यस्त था. काफी महत्वपूर्ण काम थे, आपको मालूम है न.''

स्टैनली और लिजा को वाकई मालूम नहीं था, इसलिए वे इरविंग को शून्य नजरों से घूरते रहे.

इरविंग ने बोलना जारी रखा-''मुझे यह बताने में खुशी हो रही है कि मेरे बड़े अधिकारियों ने जो अनाम रहना चाहते हैं, विचार-विमर्श कर लिया है और मैं उनकी बातें आप तक पहुँचाने के लिए आया हूँ.''

स्टैनली और लिंजा उत्सुकतापूर्वक मुस्कुराए. इरविंग ने अपना हाथ उनके सामने हिलाया और अचानक उसके हाथ में एक पुराना चमड़े का घोषणा पत्र सा आ गया. उसने अपनी सामने की जेब में हाथ डाला और चांदी का चश्मा निकालकर आंखों पर लगाया. उसने चमड़े के खर्रे को खोला और सूक्ष्मता के साथ उसकी लंबाई को निहारा.

ऐसा लगा कि जो वह चाहता है उसे मिल गया और फिर वह बोला – ''हाँ, मिल गया. जहाँ तक मुझे याद है आपकी पहली इच्छा एक मिलियन डालर पाने की थी.''

इरविंग ने नजर उठाकर सोफे पर बैठे स्टैनली और लिजा की तरफ की. उन दोनों ने सहमति में सिर हिलाया और इरविंग ने वापस खर्रे को पढ़ना शुरू किया.

''एक मिलियन डालर का प्रयोग करने से पहले तुम्हें कुछ बातें जानना जरूरी है. मुझे विश्वास है कि एक मिलियन डालर पाने के फायदों के बारे में सोचने में तुम लोगों ने काफी समय लगाया होगा. अच्छा घर, सुंदर कार, शानदार कपड़े और आश्चर्यजनक यात्राएं यह सब तो अच्छी बातें हैं किंतु अगर अपने धन से तुम सिर्फ इन सबकी ही इच्छा रखते हो तो जिंदगी काफी सतही हो जाएगी.''

स्टैनली और लिजा उलझन में पड़ गए किंतु फिर भी उन्होंने इरविंग की बातों को ध्यान से सुनना जारी रखा.

''दूसरों की सेवा करने से धन मिलता है. जितना हम दूसरों की सेवा करेंगे और जितने अच्छे ढंग से करेंगे उतना ही अधिक धन हमें मिलेगा इसलिए धन को कभी भी अपना अंतिम लक्ष्य नहीं बना लेना चाहिए.''

इरविंग ने खर्रे पर से नजरें उठाकर गहरी मुस्कुराहट लेते हुए स्टैनली और लिजा को देखते हुए टिप्पणी की – ''ऐसा कौन होगा जो मृतक राष्ट्रपतियों की फोटो लगे कागजों के ढेर की इच्छा करेगा ?''

इरविंग ने हँसते हुए खर्रे को पढ़ना जारी रखा.

''जब हम धन की इच्छा करते हैं तो असल में हम उस धन से उन वस्तुओं की खरीद की इच्छा रखते हैं जो हमारे और उनके लिए जरूरी होती हैं जिनका हम ध्यान रखते हैं. यदि हमारा उद्देश्य अधिक से अधिक धन प्राप्ति है तो हमें उससे संतुष्टि कभी नहीं मिलेगी क्योंकि धन पाने की लालसा, हमेशा दूसरे के पास हमसे अधिक है, ऐसा सोचकर बढ़ती ही जाएगी. इसलिए अगर हम दूसरों की सेवा करना चाहते हैं और दूसरों के जीवन को अर्थपूर्ण बनाना चाहते हैं तो धन की तरफ ही सारा ध्यान केंद्रित करने के

बजाय वो हमारे पास है उससे संतुष्ट रहना और अपने जीवन को हम किस ढंग से बिताते हैं यह सोचने पर ध्यान देना चाहिए.''

इरविंग ने पुन: स्टैनली और लिजा को घूरते हुए पूछा --''मैं क्या कहना चाहता हूँ आप लोग समझ रहे हैं न ?''

स्टैनली और लिजा ने एक साथ सहमति से सिर हिलाया किन्तु उलझन के भाव अभी भी उनके चेहरों पर थे.

इरविंग ने खर्रे को थोड़ा मोड़ते हुए पढ़ना जारी रखा. ''अधिक धन के साथ अधिक जिम्मेदारी भी आती है. संसार में हमें उनके लिए जिम्मेदार होना चाहिए जो हमसे कम भाग्यशाली हैं. धन का सदुपयोग कम भाग्यशाली लोगों को बिना आलसी बनाए उनकी मदद करने में करना चाहिए. अगर हमने ज्यादा उदार बनने के चक्कर में ऐसे लोगों को धन दे दिया जो उन्होंने अपनी मेहनत से नहीं कमाया है तो मैंने पहले जिस सेवा की बात की उसे करने से हम उन्हें वंचित रखेंगे.

''ऐसा कहा जाता है कि पैसा सब बुराइयों की जड़ है. वास्तव में सही और सटीक वाक्यांश है पैसे के प्रति मोह सभी बुराइयों की जड़ है.

''पैसा एक हथियार या बंदूक की तरह है. यह अपने आप में जड़ है और इसकी अच्छाई या बुराई उसे पकड़ने वाले के हाथों में होती है. थोड़े से डालरों के चलते युद्ध लड़े गए, विवाह टूट गए और परिवार बँट गए. दूसरी तरफ स्कूल, अस्पताल और धर्मपीठों का निर्माण भी पैसों से ही किया गया.''

इरविंग रूका, खर्रे को आगे बढ़ाया, गला साफ किया और पढ़ना जारी रखा.

''अधिक धन से अधिक खुशी नहीं मिल पाती साथ ही मैं यह भी कहना चाहूँगा कि गरीबी से भी खुशी नहीं मिलती है. जो स्वार्थी इच्छाओं की पूर्ति के लिए धन की कामना रखते हैं वे सिर्फ पैसे से प्यार करते हैं और अपनी कामना की पूर्ति के लिए दूसरों का प्रयोग क़रते हैं. ऐसा करने के बजाय हमें लोगों से प्यार करना और पैसे का प्रयोग करना चाहिए. धन एक हथियार से अधिक कुछ भी नहीं है. एक ऐसा हथियार

जिसका प्रयोग हमें हमारे आस पास के समाज और लोगों में प्यार और खुशियाँ बांटने में करना चाहिए.

इरविंग ने पढ़ना बंद कर दिया, खर्रे को मोड़ते ही वह गायब हो गया. उसने अपना चश्मा उतारा और स्टैनली और लिजा को घूरने लगा.

उसने पूछा –''कोई प्रश्न ?''

स्टैनली और लिजा ने एक दूसरे की तरफ देखा और फिर वापस इरविंग की तरफ देखने लगे.

स्टैनली ने अपना गला खंखारते हुए हकलाकर पूछा –''ओह, हमें कैसे, मेरा मतलब है हमें मिलियन डालर कब मिलेंगे ?''

इरविंग मुस्कुराकर बोला –''हाँ जरूर. तुम्हें याद होगा कि एक मिलियन डालर पाने की तुम्हारी इच्छा उन तीन इच्छाओं में से एक थी जिनके लिए यह कहा गया था कि वे सब तभी पूरी होगी जब उन्हें आप स्वयं पूरी नहीं कर पाओगे. अपनी इस छोटी सी यात्रा में अभी भी हमारे पास दो इच्छाएं बची हैं.''

अध्याय–चौदह

सम्बन्धात्मक हल

स्टैनली और लिजा गतिहीन थे. वे चुपचाप इरविंग को घूरते बैठे रहे. एक मिलियन डालर की अपनी इच्छा पर ध्यान केंद्रित करते हुए इरविंग जो कुछ कहना चाहता था उस पर वे ध्यान देने की कोशिश कर रहे थे.

इरविंग ने चुप्पी तोड़ी.

''क्या हम आगे बात को जारी रखें ?''

स्टैनली और लिजा दोनों ने सर हिलाकर हामी भरी.

इरविंग ने अपनी जेब में हाथ डालकर एक चौपतिया पत्ती निकाली, उसकी तरफ मुस्कुराकर घूरा तथा बिना किसी सूचना के अपनी उंगलियों को झटका और फिर चौपतिया पत्ती की जगह एक चमड़े की जिल्दवाली बड़ी पुस्तक उसके सामने आ गई. इरविंग ने किताब पर फूंक मारी तो उसकी जिल्द से धूल उड़ने लगी.

वह मुँह चुराते हुए बोला –''मुझे हमेशा अपनी इच्छानुसार अपनी चीजों को संभालने का समय नहीं मिलता.''

कुछ ढूंढ़ने की इच्छा में उसने पुस्तक के पृष्ठों को पलटा.

अंत में उसने कहा –''हाँ हमें यही चाहिए था.''

इरविंग ने अपने सामने बैठे स्टेनली और लिजा की तरफ ध्यान केंद्रित करते हुए बोलना जारी रखा.

'मुझे याद है कि तुम्हारी दूसरी इच्छा थी कि तुम्हारे आपसी संबंध सुखद हो. तुम उन्हें वैसा ही देखना चाहते थे जैसा पहली बार मिलने और शादी के समय तुम्हारे संबंध थे.''

स्टैनली और लिजा ने सहमति में सिर हिलाया और इरविंग ने बड़ी पुस्तक से पढ़ना जारी रखा.

''संबंध, उस अद्भुत बगीचे की तरह होते हैं जो वसन्त ऋतु में फलता-फूलता है. कुछ कीड़े-मकोड़ों, अकाल या ऐसे ही अन्य प्रकोपों की वजह से यह बगीचा नष्ट होने लगता है लेकिन बगीचे का सबसे खतरनाक दुश्मन उपेक्षा है.''

''पहले की तरह तुम्हारे संबंध इसलिए फल-फूल नहीं रहे थे क्योंकि तुमने उनकी देखभाल करनी छोड़ दी थी. बहुत दिनों से एक दूसरे की उपेक्षा करते-करते ये निष्क्रिय से हो गए थे.''

इरविंग ने पुस्तक के पन्ने पलटे, चशमे को ठीक किया और बोलना जारी रखा.

''याद रखो चिंगारी की अगर अच्छी देखभाल की जाए तो वही एक भड़कती अग्नि का कप धारण कर लेती है.''

''कुछ तय नियमों का पालन करने से संबंधों को प्रगाढ़ बनाने में मदद मिलती है. अधिकांश लोग नियमों का पालन नहीं करते हैं क्योंकि शायद उन्हें मालूम ही नहीं है कि ऐसे नियम बने भी हैं. नियमों की जानकारी हो या न हो फिर भी ऐसे लोग सांसारिक नियमों के शिकार तो बनते ही हैं.''

इरविंग ने स्टैनली और लिजा की तरफ देखा. उसने किताब बंद की. पृष्ठों को पलने से बचाने के लिए उनके बीच उंगली रखते हुए उसने अपने सामने बैठे दंपत्ति की

तरफ सीधे देखते हुए कहा.

"अगर आप बुरा न माने तो मैं कुछ सुधारात्मक बातों की तरफ ध्यान दिलाना चाहता हूँ. मैं यह सोचता हूँ कि सबसे शक्तिशाली सत्य सामान्यत: सबसे साधारण होता है.

"संबंधों के बारे में कही गई सबसे अच्छी सलाह यही है कि जैसा आप चाहते हैं कि दूसरे आपके लिए करें वैसा ही आप दूसरों के लिए करें. क्योंकि स्वर्णिम *नियमों* का उल्लेख अक्सर किया तो जाता हैं किंतु उनका पालन नहीं किया जाता, यह काफी पुराना चलन लग तो सकता है किंतु स्थिति की वास्तविकता कभी बदल नहीं सकती. अगर हम यह देखने के बजाय कि लोग हमारा कितना ख्याल रखते हैं यह देखें कि हम दूसरों का कितना ख्याल रखते हैं तो यह संसार रहने के लिए एक खूबसूरत जगह बन जाएगा और उन दोनों लोगों के लिए जिन्होंने एक साथ जीवन बिताने को फैसला किया है संबंधों की अच्छी बेहतरी की शुरूआत होगी."

इरविंग ने कुछ रूककर पूछा –"तो क्या आप मुझसे सहमत हैं?"

स्टैनली और लिजा ने जल्दी से एक–दूसरे की तरफ देखा और धीरे से सिर हिलाया.

इरविंग ने बोलना जारी रखा.

"मुझे विषयांतर की अनुमति देने के लिए धन्यवाद. मुझे अपने उच्च अधिकारियों से कभी–कभी विषय से हटकर कुछ कहने की छूट मिली हुई है."

इरविंग ने दुबारा पुस्तक खोली और सही पृष्ठ पलटकर पढ़ना शुरू किया.

"एक अद्‌भुत और संतुलित संबंध का निर्माण तभी होता है जब दो व्यक्ति एक दूसरे के लिए मन में प्यार और इज्जत की भावना रखते हैं. इसका मतलब यह कतई नहीं है कि वे हर बात पर एक दूसरे से सहमत ही हो जाएं. दो अलग–अलग व्यक्ति जो अलग पृष्ठभूमि से आते हैं, जिनके जीवन के अनुभव अलग होते हैं, वे हर एक बात पर सहमत नहीं हो सकते. यह जरूरी नहीं है कि आप दूसरे व्यक्ति के विचार से हमेशा

सहमत हों. तथापि यह महत्वपूर्ण है कि आप दूसरों की भावनाओं और विचारों को हमेशा सुने, उनको समझें और उनकी इज्जत करें.

''इससे बेकार बात और कोई हो ही नहीं सकती कि हम जिस व्यक्ति को प्यार करते हैं वह हमारी भावनाओं और विचारों की कद्र न करे; क्योंकि जीवन को हम सही मायनों में तभी समझ सकते हैं, अगर हम किसी के अंदरूनी विचारों और भावनाओं से प्यार या उनकी कद्र नहीं करते हैं तब यह असंभव है कि हम उस व्यक्ति को प्यार या उसकी इज्जत करें.''

इरविंग ने पृष्ठ पलटा, दंपत्ति की ओर देखा तथा पढ़ना जारी रखा.

''हम अक्सर यह समझने की भूल कर बैठते हैं कि आदर्श संबंध वही होते हैं जहाँ कभी कोई झगड़ा नहीं होता या फिर कोई कठिनाई नहीं आती. जो ऐसा सोचते हैं उन्हें वास्तविकता की जानकारी नहीं होती और वे अपने स्वयं की अवास्तविक उम्मीदों का शिकार हो जाते हैं. आदर्श या पूर्णता की उम्मीद करने के बजाय, हमें जीवन की वास्तविकताओं से प्यार करना और उनमें ही जीना चाहिए.''

''आपसी प्यार और इज्जत पर छोटे-छोटे मामलों को हावी न होने दें. बातचीत में सावधानी बरतें. यह प्रतिज्ञा करें कि जो बातें आपको तकलीफ पहुँचाती हैं उनके बारे में आप आपस में बातचीत करेंगे और सबसे महत्वपूर्ण बात यह है कि, आप हमेशा उस विषय पर बातचीत करने के लिए अपने आप को तैयार रखें जिस से आपका कोई प्रिय तकलीफ पा रहा हो.

''दिन की समाप्ति कभी अपने गुस्से से न करें. हर दिन की समाप्ति से पहले आप अपने झगड़ों को बातचीत करके खत्म कर लें या यह तय कर लें कि आप उस व्यक्ति की गलतियों को माफ कर देंगे, उस बात को भूल जाएंगे और आगे बढ़ जाएंगे. इस तरह हर दिन आपके संबंधों को पुनर्जीवित करता रहेगा, और साथ-साथ नवजीवन की शुरूआत करने को प्रेरित करता रहेगा.

''वे लोग जो छोटी-छोटी बातों को अपने मन में हर दिन लेकर बैठे रहते हैं

उन्हें बहुत जल्दी यह समझ में आ जाता है कि वे अपने सीने पर एक ऐसा बोझ ढो रहे हैं जिसके बोझ तले अंततः उनका प्यार और प्रगाढ़ संबंध दम तोड़ देगा.''

इरविंग ने मुस्कुराकर धीरे से पुस्तक बंद कर दी. पुस्तक तुरंत हवा में गायब हो गई.

उसने स्टैनली और लिजा की तरफ देखकर पूछा –''तो मेरे प्रिय दोस्तों, क्या हम आगे बढ़ रहे हैं ? क्या तुम्हें ऐसा लगता है कि मधुर संबंधों की इच्छा रखने के साथ जितनी भी बातें जुड़ी हैं वे तुम्हें अच्छी तरह से समझ में आ गई हैं ?''

स्टैनली और लिजा ने सिर हिलाया. लिजा धीरे से बोली –''तो हमारे शानदार वैवाहिक जीवन की शुरूआत कब से होगी ? मेरे कहने का तात्पर्य यह है कि कब हमारे संबंध...''

इरविंग मुस्कुराया और झुककर लिजा का अभिवादन लिया. उसने कहा – ''प्रिय ! सब अच्छा समय आने पर होगा. जैसा कि तुम जानते हो अपने लक्ष्य पर पहुँचने से हम एक स्टॉप ही पीछे रह गए हैं.''

अध्याय–पंद्रह

अर्थपूर्ण जीवन

इरविंग द्वारा संबंधों के बारे में की गई व्याख्या के बारे में स्टैनली और लिजा सोच रहे थे.

इरविंग ने अपनी टाई ढीली की और एक बार फिर अपनी अदृश्य कुर्सी पर बैठ गया. उसने एक पैर पर दूसरा पैर रखा, जैकेट को व्यवस्थित किया और तब संतोष के साथ मुस्कुराया.

उसने कहा

''असुविधा महसूस करने की कोई जरूरत नहीं है. हम लोगों के बीच एक दोस्ताना बातचीत हो रही है. क्या हम इसे जारी रखें ?''

स्टैनली और लिजा दोनों ने हामी भरी और इरविंग की तरफ आश्चर्य और उत्सुकता के साथ देखने लगे.

इरविंग ने कहना शुरू किया.

''अब तुम्हें याद ही होगा कि तुम्हारी तीसरी इच्छा थी कि तुम्हारा कैरियर ऐसा हो जो तुम्हें खुशियाँ दे सके. असल में ऐसी इच्छा करते समय तुमने जीवन में

खुशियों का रहस्य ढूढ़ लिया. एक बहुत अच्छा चुनाव, मैं यह अवश्य कहूँगा.''

इरविंग ने दंपत्ति को मुस्कुराते हुए देखा किंतु वे दोनों उसे शून्य नजरों से देखते रहे.

इरविंग ने अपनी जैकेट में हाथ डाल और जब हाथ बाहर निकाला तो एक बड़ा सा उल्लू उसकी उंगली पर बैठा था. उल्लू ने लिजा और स्टैनली को अपनी बड़ी-बड़ी आंखों से मुस्कुराते हुए वहा-''मेरा पुराना दोस्त. जब अक्लमंदी की बात चल रही हो तो उसका साथ बहुत जरूरी है.''

उल्लू अपने पंखों को फड़फड़ाने लगा और धुएं के गुबार के भीतर गुम हो गया. इसकी जगह पर, इरविंग के सामने हवा में झूलती हुई एक बड़ी संगमरमर की तख्ती आ गई जिसकी ऊपरी सतह अलंकृत थी.

इरविंग ने मुस्कुराकर कहा -''मेरे उच्चाधिकारियों ने इस मामले में अपने आप को काफी बढ़ा-चढ़ाकर दिखाने का प्रयास किया है, क्या आप हमसे इस बात पर सहमत नहीं हो ?''

जब स्टैनली औ लिजा ने कुछ जवाब नहीं दिया तो इरविंग, तख्ती की तरफ देखता हुआ स्वत: बुदबुदाया -''बहुत प्रभावशाली, मैं विश्वास करता हूँ कि सब कुछ यहाँ ही होता है.''

इरविंग ने सामने बैठे दंपत्ति की तरफ देखा और पूछा -''क्या हम बातचीत जारी रखें ?''

उन्होंने सहमति भरी और इरविंग ने गंभीरता से कहा -''ऐसा कहा जाता है कि वह व्यक्ति जो अपने काम को आनंदित होकर करता है वह अपने जीवन में कभी भी काम नहीं करता. अपने दैनिक कार्यों की महत्ता को समझने और उन्हें खुश होकर करने का विशेषाधिकार सबको प्राप्त है.

''हमारे समाज में बहुत से लोग ऐसे हैं जो थोड़े से पुरस्कार के बदले अपना पूरा जीवन ऐसे काम करने व ऐसे लोगों की इज्जत करने में बिता देते हैं जिनसे उन्हें घृणा

होती है."

"लोग क्या काम करते हैं यह इतना महत्वपूर्ण नहीं है जितना कि यह कि वे उस काम को करने में कितना आनंद उठाते हैं. हो सकता है कि एक व्यक्ति के लिए जो काम असमाप्त और नीरस हो वही दूसरे के लिए उत्तेजक हो."

"एक बढ़ई, गाड़ी ड्राइवर या माली जो अपने काम के प्रति गर्व रखता है और उसे अच्छी तरह से करता है वह जीवन में सफल कहलाता है. दूसरी तरफ एक वकील, उच्च कार्यपालक या सर्जन जो धन के बदले सिर्फ अपना समय बेचता हो और अपने काम से घृणा करता है निःसंदेह ही असफल व्यक्ति है."

इरविंग ने संगमरमर की तख्ती पर से नजर उठाई अपनी भौंहों को चढ़ाया और प्रश्न किया –"क्या हम अभी तक उसी पृष्ठ पर हैं ?"

लिजा ने सिर हिलाया और स्टैनली ने मुलामियत से कहा –"मुझे ऐसा ही लगता है." इरविंग गर्मजोशी के साथ मुस्कुराया और अपनी बात जारी रखी.

"लोग धन के लिए काम करने की गलती करते हैं. ऐसा करना निश्चित रूप से दुख को बढ़ाता है. ऐसे लोग बोझा ढोने वाले उन जानवरों की तरह होते हैं जो थोड़े से अनाज के बदले दिन भर खेतों में काम करने के लिए मजबूर किए जाते हैं.

"अच्छे ढंग से किया गया काम खुद में एक पुरस्कार होता है. यह एक स्मारक की तरह उस व्यक्ति को श्रद्धांजलि देता है जिसने उस कार्य को सफलतापूर्वक संपन्न किया."

"जैसा कि हमने तुम्हारी पहली इच्छा पर विचार–विमर्श करते समय कहा था धन स्वयं में पुरस्कार नहीं है. वे लोग जो सिर्फ पैसा कमाने के लिए काम करते हैं, व्यर्थता के असमाप्त चक्र में फंस जाते हैं. जो दूसरों की सेवा करने में अपना श्रम खर्च करते हैं और अपने आस–पास के माहौल को महत्वपूर्ण बनाते हैं उन्हें डालर की कमाई के साथ–साथ संतुष्टि और भलमनसाहत की करेन्सी भी प्राप्त होती है."

चिराग

इरविंग ने लिजा और स्टैनली के चेहरों को गौर से पढ़ने की कोशिश की मानों वह यह जानना चाहता हो कि उन्हें बात समझ में आ रही है या नहीं. उसने ताली बजाई और संगमरमर की तख्ती की जगह वापस उल्लू ने ले ली. उल्लू ने अपने पंख फड़फड़ाकर और ड्राइंग रूम का चक्कर लगाकर इरविंग के कंधों पर बैठ गया.

इरविंग ने उल्लू के सर को थपथपाया और कहा –''धन्यवाद पुराने मित्र. किसी ऐसे व्यक्ति का साथ अपने आस पास होना हमेशा जरूरी है जिस पर आप विश्वास रख सकते हों.''

उल्लू ने सिर घुमाकर चक्र पूरा किया, पंख फड़फड़ाए और गायब हो गया.

इरविंग अपनी अदृश्य कुर्सी से उठा और एक व्यावसायिक व्यक्ति की तरह से खड़ा हो गया. अपनी तर्जनी उंगली हवा में उठाते हुए वह बोला –

''निष्कर्षत: मैं यह कहना चाहूँगा कि यदि हम एक लंबी, खुशहाल और सफल जीवन की तरफ देखें तो उस जीवन में एक संतुष्ट कैरियर दिखना चाहिए जो दूसरों की सेवा करने में बीता हो. वे लोग जो अपने आस–पास रहने वालों या फिर संसार के प्राणियों की जिंदगी को खुशहाल बनाने का प्रयत्न करते हैं उनकी खुद की जिंदगी धनवान हो जाती है.''

इरविंग ने गंभीर होकर गहरी सांस ली और स्टैनली तथा लिजा की ओर देखा.

उसने टिप्पणी की –''इसमें कोई बुराई नहीं अगर मैं स्वयं के लिए ऐसा कहूँ. अब क्या कोई और प्रश्न बाकी है ?''

स्टैनली धीरे–धीरे उठ खड़ा हुआ और पूछा –''तो अब हमें क्या करना चाहिए?''

इरविंग ने पूरे जोर के साथ ठहाका लगाया, नाटकीय अंदाज में सिर को झुकाया और बोल –''मेरे प्रिय स्टैनली, अब तुम अपने जीवन को उसी तरह ताकत, आवेश और उद्देश्य के साथ जीओ जो तुम्हें तुम्हारी इच्छाओं के पूरा होने से मिल सकते थे.''

अध्याय–सोलह

द्विविधा

स्टैनली असमंजस में पड़ गया था. उसने लिजा के बगल में बैठते हुए सोफे के पीछे धीरे से अपने को टिका दिया. वे दोनों ही बोलने और शांत रहने से डर रहे थे.

अंत में स्टैनली बोलने में कामयाब हुआ –''तो अब हम आशा कर सकते हैं कि हमें मिलियन डॉलर, सुखद वैवाहिक जीवन और आनंद देने वाला कैरियर मिल सकता है.''

इरविंग ने रहस्यभरी मुस्कुराहट के साथ जवाब दिया – ''हाँ, मैं भी ऐसा सोचता हूँ''.

लिजा चिढ़कर बोली – ''मैं भी ऐसा सोचता हूँ से आपका मतलब क्या है ? आपको क्या मालूम कि हमारा यह समय कैसे बीता है. हमारे जीवन में सब कुछ उल्टा-पुल्टा हो गया. हमें नहीं मालूम यहाँ से हम किस तरफ जाएंगे और आप यहाँ खड़े होकर सिर्फ यह कह रहे हैं कि *आप भी ऐसा सोचते हैं.*''

इरविंग ने अनिश्चित होकर कंधे उचकाए और कहा –''प्रिय लिजा, मैं केवल उन्हीं कामों और कर्तव्यों का पालन कर सकता हूँ जिनका मुझे निर्देश दिया जाता है.''

स्टैनली के चेहरे से क्रोध साफ झलक रहा था जब वह जोर से बोला –''सुनो

इरविंग मैं कुछ गंभीर प्रश्न करना चाहता हूँ और मुझे उनके जवाब तुरंत अभी चाहिए.''

इरविंग ने गंभीर सांस ली और धीरे से धीरज के साथ बोला जैसे किसी बच्चे के साथ बोला जाता है.

''मुझे लगता है कि तुम्हें तुम्हारे सारे प्रश्नों के जवाब मिल चुके हैं. जीवन साधारणतया हमारे सन्मुख सब कुछ स्वयं से करने का प्रस्ताव रखता है.''

इरविंग ने अपनी कोट की जेब में हाथ डालकर एक बड़ा चमड़े का लिफाफा निकाला जिस पर स्वर्णाक्षरों में कुछ लिखा था. चिराग के बगल की कॉफी टेबल पर उस लिफाफे को रखते हुए वह आत्मविश्वास के साथ बोला – ''मुझे विश्वास है कि अगर मुझसे कुछ बातें छूट गई होंगी तो वे इस संलग्न दस्तावेज में अवश्य होंगी.

''अब बिना कुछ बात का बतंगड़ बनाए मुझे ऐसा लगता है कि मेरा यहाँ का काम पूरा हो गया है. आप दोनों की सेवा करके मुझे बहुत खुशी मिली है और आपके सुखद जीवन की मैं शुभकामना करता हूँ.''

इरविंग उनकी आंखों के सामने टिमटिमाते हुए धीरे-धीरे अदृश्य होने लगा.

लिजा तुरंत बोल उठी –''क्या इसका मतलब यह है कि हमारी सब इच्छाएं पूरी हो जाएंगी ?''

लिजा ने उस स्थान को घूरा जहाँ इरविंग खड़ा था और प्रार्थना के स्वर में बोली –''क्या हम फिर कभी तुम्हें देख पाएंगे ?''

इरविंग की गायब होती आवाज ड्राइंग रूम के चारों तरफ गूंजते हुए बोली

''ओह, मैं आस-पास ही रहूँगा किंतु यह हमारी शायद अंतिम बातचीत होगी.''

बिजली की जोरदार कड़क हुई और स्टैनली तथा लिजा एक दूसरे के साथ सटकर सोफे पर बैठ गए.

द्विविधा

स्टैनली ने कांपते हाथों से कॉफी टेबल पर रखे भारी लिफाफे को छुआ. उसने धीरे से उसे सोफे की तरफ खींचा. स्टैनली और लिजा दोनों ने लिफाफे के बाहर स्वर्णाक्षरों में अलंकृत शब्दों को पढ़ा. उसपर लिखा था- *स्टैनली और लिजा वाल्टर्स.* स्टैनली ने लिफाफा उठाया, पलटा और धीरे से खोला. उसने अंदर रखे भारी दस्तावेज को निकालकर खोला. स्टैनली और लिजा ने दस्तावेज को देखा और लिजा ने जोर से पढ़ना शुरू किया.

''मेरे प्रिय स्टैनली और लिजा, तुम दोनों मेरे लिए बहुत खास हो. मैं यह जानता हूँ क्योंकि वास्तव में सभी व्यक्ति खास होते हैं किंतु अधिकांश इस बात को जान ही नहीं पाते हैं.

''मुझे यहाँ पर तुम्हारी उन तीनों इच्छाओं को पूरी करने के लिए भेजा गया था जो, तुम स्वयं से नहीं प्राप्त कर सकते थे. अपनी इच्छाओं के रूप में तुमने एक मिलियन डॉलर, सुखद वैवाहिक जीवन और एक संतुष्ट कैरियर मांगा. मुझे यह कहते हुए बहुत दुख हो रहा है कि मैं इन इच्छाओं की पूर्ति नहीं कर सकता हूँ क्योंकि इन तीनों इच्छाओं को तुम स्वयं अपनी शक्ति के द्वारा प्राप्त कर सकते हो.''

''तुम्हारे लिए मेरी आखिरी इच्छा यह है कि तुम जिस तरह के जीवन के हकदार हो वैसा बिता पाओ. याद रखो जोशीली इच्छा, विश्वास में बदल जाती है और कर्मठ विश्वास, वास्तविकता में बदल जाता है. तुम्हारा विनम्र विश्वासी-इरविंग.''

स्टैनली ने कॉफी टेबल पर लिफाफे के बगल में पत्र को रख दिया और घोर शांति के बीच वह और लिजा एक दूसरे को ताकने लगे.

लिजा के गालों पर आंसू बहने लगे. वह बुझे स्वर में बोली -''स्टैनली, इन सबका मतलब क्या है?''

स्टैनली ने दुखभरी गहरी सांस ली.

उसने कहा -''मैं नहीं जानता, मैं भ्रमित हूँ लेकिन इरविंग ने कहा था कि दस्तावेज सब बातें स्पष्ट कर देगा.''

चिराग

स्टैनली और लिजा दोनों ने कॉफी टेबल की ओर देखा किंतु, दस्तावेज और चमड़े का लिफाफा जिस पर उनके नाम स्वर्णाकारों में लिखे थे वे गायब हो चुके थे.

स्टैनली ने अपना मुँह अपने हाथों में छिपाकर कराहने लगा. लिजा चुपचाप रोने लगी. उनमें से किसी को भी खबर नहीं थी कि वे कितनी देर तक एक दूसरे का हाथ अपने हाथों में लेकर पूरी शाम सोफे पर बैठे रहे.

अंत में तनाव से भरे स्टैनली ने चिराग पर चिल्लाते हए, उसकी तरफ उंगली से इशारा करते हुए उसे रगड़ना शुरू किया. लिजा ने अभी तक के सुने हुए सारे जादुई शब्दों व कुछ एक नए शब्दों को बोलना शुरू किया. बुरी तरह से थक हारकर वे वापस सोफे पर बैठ गए.

स्टैनली ने कहा.

''मैं बिल्कुल भी विश्वास नहीं कर सकता. मुझे बहुत आशा हो गई थी. मुझे वाकई ऐसा लगने लगा था कि हमें एक मिलियन डालर, सुखद वैवाहिक जीवन व एक आनंदप्रद कैरियर मिल जाएगा. लेकिन यहाँ हम पूरी तरह से टूटे हुए, सुप्त वैवाहिक जीवन और बिना किसी कैरियर के बैठे हैं.

इस मूर्ख चिराग की वजह से तुमने अपनी नौकरी छोड़ दी और मैं इतने दिनों से काम पर नहीं गया हूँ कि मुझे आश्चर्य लगेगा अगर मुझे जाने के बाद तगड़ी फटकार न मिली तो.''

तनाव और गुस्से तथा आंसुओं से भरा स्टैनली कड़वी मुस्कुराहट के साथ बोला – ''मुझे यह अच्छी तरह जानना चाहिए था कि हमारे साथ कभी कुछ अच्छा हो ही नहीं सकता है.''

लिजा ने चिराग को घूरा और उसके चेहरे पर प्रश्नात्मक भाव घिरे. वह साहस बटोरकर बोली –''स्टैनली, सुनो. हम पहले से बुरी दशा में नहीं है, शायद पहले से बेहतर ही हैं.''

द्विविधा

लिजा बोलती रही –"नही, सच कह रही हूँ, सुनो तो सही. इरविंग ने कहा जो भी हमने इच्छाएं प्रकट की, उन्हें पूरा करना हमारी ताकत के भीतर है. इसका मतलब है हमें मिलियन डालर, सुखद वैवाहिक जीवन और बढ़िया कैरियर मिल सकता है. यह सब हमारे ऊपर ही निर्भर करता है."

स्टैनली ड्राइंगरूम में चहलकदमी करता रहा. अंत में वह पुरानी कुर्सी पर निराशापूर्ण मुद्रा में थक कर बैठ गया और बोला –"शायद तुम ठीक कह रही हो. हम यहाँ तक तो आ ही गए हैं.

एक लंबी चुप्पी छाई हुई थी और तब स्टैनली ने बोलना जारी रखा–

"लिजा, मुझे एकाउंटिंग फर्म में ऐसे भी ग्राहक मिले थे जिनके पास मिलियन डालर थे. वास्तव में कई लोगों के पास तो मिलियन डालर से भी अधिक धन था, और जब मैं वाकई इस बारे में सोच रहा हूँ तो मुझे ऐसा लगता है कि वे सब लोग मुझसे अधिक चुस्त और बुद्धिमान तो नहीं थे."

लिजा सहमत स्वर में बोली – "स्टैनली, तुम बिल्कुल ठीक कह रहे हो. और ऐसा कुछ भी नहीं है जो हमारे संबंधों में वर्षों पहले था और अब नहीं हो सकता है. अगर तुम इसके बारे में वाकई सोचोगे तो तुम्हें स्वयं लगेगा कि जबसे इरविंग आया है तबसे हमारा वैवाहिक जीवन काफी सुखमय हो गया है."

उसने स्टैनली की तरफ सीधे देखते हुए और आंखों के कोनों में आंसू की बूंद छिपाते हुए कहा –"स्टैनली, अब मैं तुम्हें पहले से अधिक प्यार करती हूँ."

स्टैनली ने जवाब दिया –"लिजा, मैं भी तुमसे बहुत प्यार करता हूँ. तुम मेरे लिए सब कुछ हो."

कक्ष में चुप्पी छा गई.

इस बार स्टैनली ने सन्नाटा तोड़ा और बोला –"तुम्हें मालूम है हमारा कैरियर बढ़िया हो, ऐसा करने से हमें कोई रोक तो नहीं रहा है. तुमने हम दोनों को टी.वी. पर वह

सब काम करते देखा जिनसे हमें प्यार है और जिनको करते हुए हमको आनंद मिलता है.''

लिजा बार-बार सहमति में सिर हिलाती रही और दोनों ने अपने अतीत, वर्तमान और भविष्य की बातें करने में रात गुजार दी.

अध्याय-सत्रह

परिणाम

जैसा जीवन में अक्सर होता है, लिजा और स्टैनली ने जितनी कल्पना भी नहीं की थी उससे भी जल्द समय बीत गया. जब तक उन्हें मालूम चलता तब तक इरविंग और उसके जादुई चिराग की घटना को बीते हुए पांच वर्ष हो गए थे. वे अक्सर इरविंग की बातें करते थे और असल में उसके प्रकट होने के दिन को हर वर्ष के वर्षगांठ के रूप में मनाते थे. उस दिन को वे चिराग दिवस के रूप में मनाते थे.

चिराग, वाल्टर्स होम के ड्राइंग रूम की कॉफी टेबल के बीचोबीच अभी भी रखा हुआ था. सिर्फ चिराग ही ऐसी चीज थी जो अभी तक बनी हुई थी.

अब वह चिराग, वाल्टर्स के महलनुमा घर में शानदार ढंग से सजे हुए ड्राइंग रूम के बीच में रखी हुई खूबसूरत एवं विशेष काफी टेबल पर रखा हुआ था. लिजा ने स्वयं घर का डिजाइन तैयार किया था और ड्राइंग रूम को सजाया था.

कई पत्र-पत्रिकाओं में उनके घर के बारे में छप चुका था. सिर्फ एक चीज जो लोगों को परेशान करती थी वह था कॉफी टेबल के मध्य में रखा हुआ भद्दा दिखने वाला सिरैमिक का चिराग. जब भी इसके बारे में पूछा जाता था, स्टैनली और लिजा एक दूसरे की तरफ देखते हुए मुस्कुरा देते थे.

चिराग

पिछली गर्मियों में स्टैनली के ब्रोकरों ने उन्हें कई बार फोन करके मिलियनर बनने पर अधिकारिक रूप से बधाई दे दी थी. जो भी उन्हें जानते थे वे लिजा और स्टैनली के सुखद वैवाहिक जीवन से ईर्ष्या करते थे.

लिजा का डिजाइन व्यापार काफी प्रतिष्ठित समझा जाने लगा था. पिछले कई वर्षों में वह शाही खानदान, सिने अभिनेताओं और सभी प्रकार के अमीर तथा प्रसिद्ध व्यक्तियों के प्रोजेक्ट्स को पूरा करने के लिए देश-विदेश के चक्कर लगा चुकी थी.

इस विशेष सुबह 6 बजे सुबह का अलार्म वाल्टर्स होम के मास्टर बेडरूम में घनघनाया. पाँच वर्षों पूर्व यही आवाज जो उन्हें क्रोधित करता था आज उसी ने उन्हें एक मधुर धुन और समुद्री लहरों की आवाज के साथ उठाया.

स्टैनली और लिजा ने एक साथ उठकर सुबह के चुंबन का अदान-प्रदान किया और हर दिन की तरह *ओसिएन पाम एस्टेट* से गुजरते हुए सुबह की भ्रमण का आनंद लिया. वे हमेशा इस बात पर आश्चर्य करते हुए हँसते थे कि क्या वाकई समुद्र होता है, क्या ढेर सारे पाम के वृक्ष होते हैं, उन्हें ऐसा भी लगता था कि दुनिया का सबसे रुढ़िवादी व्यक्ति भी शायद ही उनके घर को एस्टेट कहकर बुला सके !

हाथों में हाथ डाले हुए समुद्र से बहती हुई ठंडी हवा का सुबह-सुबह आनंद लेते हुए स्टैनली और लिजा ने साथ-साथ टहलते हुए अपने जीवन, अतीत और वर्तमान के बारे में ढेर सारी बातें की. उनकी बातचीत का सबसे बेहतरीन हिस्सा हमेशा भविष्य के लिए सुरक्षित रहता था.

घर लौटते समय वे हमेशा की तरह बाहर की तरफ लगे भव्य फव्वारे से गुजरे, उनके बटलर थियोडोरे ने सुबह के समाचारपत्र के साथ उनका अभिवादन किया.

स्टैनली और लिजा दोनों मुस्कुराए और कहा -''सुप्रभात''. स्टैलनी के अखबार ले लिया.

अखबार को खोलकर मुख्य शीर्षक पढ़ते हुए वह बोला, ''थियोडोरे, अगर तुम कभी अखबार फेंकना चाहो तो मैं गारंटी देता हूँ कि मैं उसे लपक सकता हूँ.''

परिणाम

थियोडोरे ने अपनी सारी गरिमा बटोरते हुए प्रश्न किया – ''श्रीमान मैं कुछ समझ नहीं पाया ?''

लिजा ने हंसकर जवाब दिया –''मेरा विश्वास करो, थियोडोरे. वे वाकई ऐसा कर सकते हैं.''

स्टैनली और लिजा ने टैरेस पर साथ–साथ नाश्ते का मजा लिया और फिर आज के विशेष दिन के लिए बेहतरीन वस्त्रों में सजकर तैयार हो गए.

ठीक 9 बजे सुबह थियोडोरे ने दरवाजा खटखटाते हुए कहा –''श्रीमान, आपकी कार तैयार है.''

लिजा ने स्टैनली की बाँह पकड़ी और घर के सामने के दरवाजे से निकलकर बाहर आए जहाँ उनका अभिवादन उनके ड्राइवर फ्रैंकलिन ने किया. कार का दरवाजा खोले खड़े हुए फ्रैंकलिन पर नजर पड़ते ही स्टैनली और लिजा कई कदम पहले ही ठिठके से खड़े रह गए. उन दोनों ने उसे घूर कर देखा.

फ्रैंकलिन ने आदत अनुसार एक गहरी सांस लेकर बड़बड़ाते हुए कहा ''श्रीमान आप दोनों को सुप्रभात. मुझे आशा है आपको यह पुच्छलदार टोपी बहुत भारी नहीं लगी होगी, आज विशेष दिन है न इसलिए इसे पहन रखा है.''

स्टैनली और लिजा हँसे और बोले –''नहीं फ्रैंकलिन तुम्हारे कपड़े ठीक–ठाक हैं. केवल ये हमें किसी हमारे जानकार व्यक्ति की याद दिलाते हैं.''

स्टैनली और लिजा आरामदायक चमड़े की गद्दी पर बैठकर दस मिनटों की ड्राइव का आनंद लेते हुए फेंइस्टीन, मार्टन और चांस के कार्यालय तक पहुँच आए.

फ्रैंकलिन जब बहुमंजिली कार्यालय के सामने के दरवाजे पर कार पार्क कर रहा था तो स्टैनली एक बार फिर लिजा को यह बता रहा था कि वह पार्किंग से कितनी दूर चलकर कार्यालय आता था. लिजा को शक था कि स्टैनली हर बार यह दूरी कुछ बढ़ाता ही जा रहा है किंतु उसने जबान पर नियंत्रण रखा और मुस्कुरा दी.

चिराग

स्टैनली और लिजा लॉबी में आए और बिल्डिंग के सबसे ऊपरी तल पर पहुँचने के लिए लिफ्ट का सहारा लिया. जैसे ही लिफ्ट का दरवाजा खुला मि. फेंइस्टीन, मि. मार्टन और मि. चांस ने बारी-बारी से उनसे हाथ मिलाकर उनका अभिवादन किया और लिजा को गले से लगाया. तीनों पार्टनर, लिजा और स्टैनली को लेकर एक बड़े बैठक कक्ष में पहुँचे जहाँ पहले से ही सारे कर्मचारी बैठे हुए थे.

उनके बीच से गुजरते हुए वे दोनों कक्ष के सामने बने प्लेटफार्म पर लगी मुख्य मेज तक पहुँचे और अपने लिए रखी गई कुर्सियों पर बैठ गए.

मि. फेंइस्टीन मंच पर आए और उन्होंने सभी का स्वागत किया. उन्होंने लंबे समय से रहे उनके पार्टनर मि. मार्टन और मि. चांस को धन्यवाद दिया और पिछली बातों का पुनरावलोकन किया. फर्म की साधारण शुरूआत से लेकर हाल में पाई भव्य सफलताओं का जिक्र उन्होंने अपने भाषण में किया.

इसके बाद मि. फेंइस्टीन बहुत नाटकीय अंदाज में कुछ रूककर बोले – ''लेडीज़ और जेंटलमैन, कृपया मुझे इस बात का अवसर दें कि मैं फैंइस्टीन, मार्टन, चांस और वाल्टर्स की फर्म के नए पार्टनर, मि. स्टैनली वाल्टर्स से आपका परिचय करा सकूँ.''

जैसे ही स्टैनली मंच की तरफ बढ़ा सभी सदस्यों ने खड़े होकर तालियों के साथ उसका स्वागत किया. बदले में स्टैनली ने फर्म के सभी कर्मचारियों और स्टॉफ को धन्यवाद दिया और अपने तीनों पार्टनरों के प्रति आभार व्यक्त किया. तब वह धीरे से लिजा की तरफ मुड़ा और उसे प्यार भरी नजरों से देखा.

उसने कहा –''और अंत में सबसे महत्वपूर्ण बात मैं अपनी अद्भुत पत्नी, लिजा को धन्यवाद देना चाहता हूँ कि उसने हमेशा मुझ में विश्वास रखा और मेरे साथ जीवन के वे बेहतरीन क्षण गुजारे जिनकी कल्पना हर कोई करता है.''

समारोह के समाप्त होने पर, फेंइस्टीन, मार्टन और चांस, स्टैनली और लिजा को लेकर हाल में नीचे बने अलंकृत कार्यालय तक आए जिसके दरवाजे पर लगी कांस्य

की तख्ती पर लिखा था *स्टैनली वाल्टर्स, पार्टनर.*

पार्टनरों से एक बार और बधाई स्वीकारने के बाद स्टैनली और लिजा कार्यालय का मुआयना करने के लिए अकेले छोड़ दिए गए. स्टैनली ने दरवाजा खोला और पहले लिजा को प्रवेश करने दिया. वर्षों बाद वे अभी भी यही सोचते हैं कि उन्होंने नए कार्यालय की जो कल्पना की थी उसमें डेस्क के पीछे चमड़े की कोट और टोपी लगाए एक वृद्ध छोटा व्यक्ति मुस्कुराता और तालियाँ बजाता दिखता था; लेकिन वह अगर वहाँ कभी था भी तो तुरंत गायब हो जाता था.

स्टैनली ने कहा –''मैं अभी भी यह नहीं समझ पा रहा हूँ कि यह हमारी इच्छा थी कि इरविंग वहाँ होता या फिर इरविंग वाकई वहाँ था.''

लिजा मुस्कुराई और बोली –''स्टैनली, यदि इरविंग ने हमें कभी कुछ सिखाया है तो वह यही कि इच्छा और वास्तविकता के बीच थोड़ा सा समय होता है, और कुछ भी नहीं.''

अध्याय–अठारह

पूर्ण परिधि

स्टैनली और लिजा वर्षों पहले की गई इच्छा और देखे गए सपनों के अनुसार अपना जीवनयापन करते रहे. उनके पास मिलियन डालर से भी कहीं अधिक संपत्ति थी किंतु वे यह समझ चुके थे कि धन सिर्फ एक साधन है. उनका वैवाहिक जीवन खुशहाल था क्योंकि वे इसे खुशहाल बनाने के लिए निरंतर प्रयास करते थे और उन सिद्धांतों का उपयोग करते थे जिन्हें समझने में इरविंग ने उनकी मदद की थी. उन दोनों के कैरियर संतोषजनक थे और उनकी जिंदगी को अर्थपूर्ण व उद्देश्यपूर्ण बनाते थे.

छुट्टी का एक और मौसम आ रहा था. जबसे चिराग उनकी जिंदगी में आया था, स्टैनली और लिजा दोनों ही हर वर्ष क्रिसमस के त्योहार की प्रतीक्षा करते थे. वे अपने अद्‌भुत घर को खूबसूरती के साथ सजाते थे और ढेर सारी पार्टियां आयोजित करने की बहुत उत्सुकतापूर्वक प्रतीक्षा करते थे. इन पार्टियों में वे पुराने मित्रों से मिलते और नए मित्र बनाते थे.

एक विशेष संध्या को स्टैनली ऊंची सीढ़ी पर चढ़कर क्रिसमस के पेड़ पर चमकता सितारा लगाने की कोशिश कर रहा था. लिजा ड्राइंग रूम के चारों तरफ चक्कर लगा रही थी. जिससे पेड़ को हर कोण से देख सके. वह स्टैनली को सही जगह बताने में मदद कर रही थी जिससे उनका सितारा क्रिसमस वृक्ष को एक भव्य रूप दे सके.

पूर्ण परिधि

दरवाजे पर लगी घंटी की मधुर आवाज से पूरा घर गूंज उठा. स्टैनली को याद आया कि शाम को सभी नौकर छुट्टी पर थे अत: वह सीढ़ी से उतरकर आगे के दरवाजे की तरफ बढ़ा.

वह सोच नहीं पा रहा था कि इस समय शाम को उसके यहाँ कौन आ सकता है किंतु सजावट के कार्य करने से मिली छुट्टी उसे अच्छी ही लग रही थी. स्टैनली ने बाहर का दरवाजा खोला तो एक अकेली बैसाखी के सहारे, गंदे कपड़े पहने एक व्यक्ति खड़ा दिखा.

स्टैनली ने मुस्कुराते हुए कहा –"क्रिसमस आनंदपूर्ण हो."

अजनबी ने संकोच से कहा –"क्रिसमस आनंदपूर्ण हो. मेरा नाम गस टैनर है."

स्टैनली ने उसे अंदर आने को कहा. लिजा अपने यहाँ अतिथि को आया देखकर किचन में नाश्ता बनाने चली गई.

स्टैनली और गस टर्नर ड्राइंग रूम से चलते हुए आग के पास बैठ गए. स्टैनली ने यह देखा कि उस व्यक्ति का एक पैर निस्तेज सूखा हुआ था जिससे वह धीरे चल रहा था और उसे बैठने में दिक्कत हो रही थी. दोनों व्यक्ति अपनी जगह पर बैठ गए तभी लिजा जल्दी-जल्दी में इकट्ठा किए गए सॉफ्ट ड्रिंक और क्रिसमस के बिस्कुट के साथ आई.

स्टैनली अतिथि की तरफ मुड़कर बोला – "मि. टैनर, यह मेरी पत्नी लिजा है."

गस टैनर अपनी बैसाखी की मदद से खड़ा होने की कोशिश करने लगा.

लिजा उसकी तरफ बढ़ी और बोली –"मि. टैनर, कृपया आराम से बैठिए."

उसने अतिथि को बिस्कुट पेश किया.

एक बिस्कुट लेकर वह बोला –"धन्यवाद महोदया. आमतौर मुझे अंदर नहीं बुलाया जाता है और मुझे कभी नाश्ता नहीं दिया जाता है. मैं आपके आतिथ्य सत्कार

की प्रशंसा करता हूँ.''

स्टैनली ने एक बिस्कुट हाथ में लिया और बोला –''हम इस शाम आपकी क्या मदद कर सकते हैं ?''

टैनर ने कहा –''कृपया मुझे गस कहकर बुलाएँ.''

स्टैनली और लिजा गर्मजोशी से मुस्कुराया. गस ने बोलना जारी रखा ''मैं यहाँ पर युद्ध में मारे गए सिपाहियों की विधवाओं और अनाथों के लिए पैसे मांगने आया था.''

लिजा ने जवाब दिया –''आप कितना अच्छा काम कर रहे हैं विशेष रूप से छुट्टी के मौसम के दौरान.''

स्टैनली ने पूछा –''गस क्या आप सेवानिवृत्त सिपाही हैं ?''

गस अपने सूखे हुए पैर की तरफ देखते हुए धीरे से बोला, ''हाँ महाशय, मैं दो बार युद्ध में भाग ले चुका हूँ. यह उसी युद्ध की देन है.''

गस ने अपने सामने फैले पैर की ओर इशारा किया.

लिजा को अंत तक यह समझ में नहीं आया कि उसने यह प्रश्न क्यों पूछा पर वह अपने आप को पूछने से रोक नहीं पाई.

''यह कैसे हुआ?''

एक अजीब सी शांति छा गई पर फिर गस ने गला साफ करते हुए कहना शुरू किया.

''काफी दिनों तक युद्ध हो चुका था और मैं कुछ दिनों में ही जहाज से घर वापस आनेवाला था. हर दिन की पेट्रोलिंग के दौरान दुश्मन हम पर हावी हो चुके थे. मेरे सबसे प्रिय दोस्त को गोली लग चुकी थी और वह बाकी के स्क्वायड से अलग हो गया था. जब तक मैं यह समझ पाता कि मैं क्या कर रहा हूँ, मैं आगे की तरफ दौड़ा और उसे

अपनी बाँहों में उठाकर सहायता केंद्र तक पहुँचा.

"इस बीच मेरा ध्यान उस बुलेट की तरफ गया ही नहीं जो मुझे काफी पहले लग चुकी थी. जब मैं अपने दोस्त को सहायता केंद्र पर लेकर गया तो डॉक्टर ने मुझे बताया कि मेरा दोस्त तो ठीक हो जाएगा किंतु मेरे पैर की हालत काफी खराब हो चुकी है. यह वह समय था जब मैंने पहली बार नीचे झुककर देखा और पाया कि..."

गस रूक गया और अपनी सिकुड़ी हुई टांग की तरफ देखने लगा. एक दुख भरी सांस भरकर उसने कहना जारी रखा.

"वह समय मेरी अवनति का समय था. जब मैं लौटकर अपने शहर वापस आया तो मेरे लिए सब कुछ बदल चुका था. वह लड़की जिससे मेरी मंगनी हो चुकी थी और मैंने लौटने के बाद जिससे विवाह करने का निश्चय किया था उसने यह तय किया कि वह यह सब बरदाश्त नहीं कर सकती है. मेरे कस्बे के बैंक का अध्यक्ष जिसने मेरे लौटने के बाद मुझे नौकरी देने का वादा किया था वह अपने वादे से मुकर गया. और तबसे आज तक मैं निरुद्देश्य इधर-उधर घूम रहा हूँ."

गस ने स्टैनली और लिजा की तरफ देखा, और उन दोनों ने गस के आँख के कोनों में छिपे आंसुओं को देखा.

लिजा ने सद्भावनापूर्वक पूछा "गस हम आपकी मदद कैसे कर सकते हैं ?"

गस ने कड़वाहट के साथ जवाब दिया "आप कुछ नहीं कर सकते हैं. कोई कुछ भी नहीं कर सकता है. मैं इच्छा करता हूँ कि कोई कुछ कर पाता. काश यह सब कुछ अलग होता. मेरी इच्छा..."

स्टैनली और लिजा ने एक दूसरे की तरफ और उनके चेहरों पर एक जानी-पहचानी मुस्कान फैल गई.

कुछ समय के बाद, गस टर्नर, वाल्टर्स होम से वापस जाने की तैयारी कर रहा था. उसने कुछ नए मित्र बना लिए थे, विधवाओं और अनाथों के लिए उसके जेब में

चिराग

काफी बड़ी धनराशि वाला चेक था और उसके पास एक भद्दा दिखने वाला सिरैमिक का चिराग था, जिसे स्टैनली और लिजा ने उसे ले जाने के लिए मज़बूर कर दिया था. वे उसके प्रति इतने उदार थे कि वह उन्हें मना नहीं कर पाया.

स्टैनली और लिजा ड्योढ़ी पर खड़े होकर, गस टर्नर को चिराग ले जाते हुए देखते रहे. लिजा बोली.

''स्टैनली, क्या तुम सोचते हो कि गस की इच्छाओं की पूर्ति हो सकती है ?''

स्टैनली काफी देर तक सोचता रहा.

''मुझे लगता है कि उसकी इच्छाएं पूरी हो सकती हैं, पर उन्हें पूरा करना उसके ही हाथ में है. हम सबके पास चुनाव करने का अधिकार होता है और गस जिस इच्छा का चुनाव करेगा, उसे, उसको पूरा करने की दिशा में प्रयास करना होगा.''

स्टैनली और लिजा ने गस टैनर की वापस जाती प्रतिछाया को दूर से देखा. उन दोनों ने यह देखा कि उसकी बाँहों में कसकर पकड़े हुए चिराग से चमकदार रोशनी निकल रही थी.

लेखक परिचय

जिम स्टोवॉल, अपने अंधत्व के बावजूद, नेशनल चैम्पियन ओलिम्पिक भारोत्तोलक, सफल निवेश ब्रोकर और उद्यमी हैं. वे नैरेटिव टेलीविजन नेटवर्क के सह-संस्थापक और अध्यक्ष हैं. यह नेटवर्क, 13 मिलियन नेत्रहीनों और दृष्टिदोष से ग्रसित लोगों और उनके परिवार के लिए सिनेमा बनाता है और उनको टेलीविजन पहुँचाता है. यद्यपि मूलरूप से यह नेत्रहीनों और दृष्टिदोष से ग्रसित लोगों के लिए बनाया गया था किंतु 60% से भी अधिक लोग नैरेटिव टेलीविजन नेटवर्क के ऐसे दर्शक हैं जो दृष्टिदोष से मुक्त हैं और कार्यक्रम का आनंद उठाते हैं.

जिम स्टोवॉल, नेटवर्क के टॉक शो 'एन टी एन शोकेस' के संचालक हैं.

उनके अतिथियों में कैथरीन हेपबर्न, जैक लेमन, केरोल चैनिंग, स्टीव एलेन और एडी अल्बर्ट तथा ऐसे ही कई अन्य लोग भी शामिल हैं. नैरेटिव टेलीविजन नेटवर्क ने उद्यम के कई पुरस्कार जीतने के अलावा ऍमी अवार्ड और इंटरनेशनल फिल्म तथा वीडियो अवार्ड जीते हैं.

एन टी एन में 1,200 केबल सिस्टम्स और ब्राडकॉस्ट स्टेशन शामिल हैं जो युनाइटेड स्टेट्स के 35 मिलियन घरों तक पहुँचते हैं तथा 11 देशों में दिखाए जाते है. एन टी एन की प्रोग्रामिंग नैरेटिव टेलीविजन इंटरनेट पर भी दुनिया भर के करोड़ों लोगों को दिखाई जाती है.

लेखक परिचय

युनाइटेड स्टेट्स के जूनियर चैम्बर ऑफ कॉमर्स द्वारा 'दस सर्वोत्कृष्ट युवा अमेरिकनों' में से एक चुने जाने पर वे वॉल्ट डिजनी, ऑरसन वेलेस और चार युनाइटेड स्टेट्स के राष्ट्रपतियों की श्रेणी में शामिल हो गए. उन्हें 'गुड मॉर्निंग अमेरिका' और सी एन एन में बुलाया गया तथा वे *रीडर्स डाइजेस्ट*, *टीवी गाइड* तथा *टाइम मैगजीन* में भी प्रकाशित हुए. वह पहले लिखी जा चुकी पुस्तकों '*यू डोन्ट हैव टू बी ब्लाइंड टू सी*', '*सक्सेस सीक्रेट्स ऑफ सुपर एक्चीवर्स*', '*द वे आई सी द वर्ल्ड*', '*द अल्टीमेट गिफ्ट*' और '*विजडम ऑफ द एजेस*' तथा अपनी नई पुस्तक '*चिराग*' के लेखक हैं. समान अवसर के लिए गठित राष्ट्रपति की समिति ने जिम स्टोवॉल को वर्ष 1997 के लिए 'वर्ष का उद्यमी' चुना है. जून 2000 में 'इंटरनेशनल ह्यूमैनीटेरियन का अवार्ड' मिलने पर जिम स्टोवॉल कई अन्य महत्वपूर्ण व्यक्तियों जैसे पूर्व राष्ट्रपति जिमी कार्टर, पूर्व प्रथम महिला नैन्सी रीगन और मदर टेरेसा की श्रेणी में शामिल हो गए.